Kevin Brooks
Finn Black – Der falsche Deal

Kevin Brooks, geboren 1959, wuchs in einem kleinen Ort namens Pinhoe in der Nähe von Exeter/Südengland auf. Er studierte in Birmingham und London. Sein Geld verdiente er lange Zeit mit Gelegenheitsjobs. Seit dem überwältigenden Erfolg seines Debütromans ›Martyn Pig‹ ist er freier Schriftsteller. Für seine Arbeiten wurde er mit zahlreichen Preisen ausgezeichnet.

Uwe-Michael Gutzschhahn, geboren 1952, studierte deutsche und englische Literatur in Bochum und lebt als Übersetzer und Autor, Herausgeber und freier Lektor in München. Er hat alle auf Deutsch erschienenen Bücher von Kevin Brooks übersetzt.

Kevin Brooks

Finn Black –
Der falsche Deal

Aus dem Englischen von
Uwe-Michael Gutzschhahn

Ausführliche Informationen über
unsere Autoren und Bücher
www.dtv.de

Von Kevin Brooks sind bei dtv junior außerdem lieferbar:
**Martyn Pig
Lucas
Candy
Kissing the Rain
The Road of the Dead
Being
Black Rabbit Summer
Killing God
iBoy
Live Fast, Play Dirty, Get Naked
Bunker Diary
Travis Delaney. Was geschah um 16:08?
Travis Delaney. Wem kannst du trauen?
Travis Delaney. Um Leben und Tod
Born Scared
Johnny Delgado. Im freien Fall
Johnny Delgado. Der Mörder meines Vaters
Devils Angel. Ein gefährlicher Freund
I see you, Baby (mit Catherine Forde)**

Deutsche Erstausgabe
© 2017 dtv Verlagsgesellschaft mbH & Co. KG, München
© 2004 Kevin Brooks
Titel der englischen Originalausgabe: »Bloodline«,
2004 erschienen bei Barrington Stoke Ltd, Edinburgh
Umschlaggestaltung: Katharina Netolitzky/dtv
unter Verwendung eines Fotos von gettyimages/Westend61
Gesetzt aus der Optima 11,5/15˙
Gesamtherstellung: Druckerei C.H.Beck, Nördlingen
Gedruckt auf säurefreiem, chlorfrei gebleichtem Papier
Printed in Germany · ISBN 978-3-423-71729-8

Hier drinnen ist kein Sommer

Ich weiß nicht, wie es bei dir ist, aber wenn *ich* eine Geschichte lese, möchte ich von Anfang an wissen, worum es geht. Ich muss nicht *alles* wissen. Ich will auch keine Dinge wissen, die nicht unmittelbar zur Geschichte gehören. Aber es muss von der ersten Seite an klar sein, was Sache ist. Ich will Fakten. Ich will wissen, wer wer ist und was was …

Und dann will ich weiterlesen.

Das heißt: Wenn es für dich okay ist, mache ich's hier genauso.

Ich beginne damit, wer wer ist.

Da bin zuerst mal ich.

Name: Finn Black

Alter: 15

Aussehen: groß, dunkelhaarig, gut aussehend, charmant

Ups – hab wohl ein bisschen geträumt. Also noch mal von vorn.

Name: Finn Black

Alter: 15

Aussehen: normal
Schon besser.
Als Nächstes – mein Dad.
Name: Alfred Black
Alter: 35
Aussehen: langweilig
Drittens – Dads Vater – mein Großvater.
Name: Ronald Black
Alter: 57
Aussehen: schmuddelig, geistesgestört, traurig, habgierig
Und als Letztes – Großvaters Dad – mein Urgroßvater.
Name: Albert Black, von allen nur Grag genannt
Alter: so gut wie tot
Aussehen: schwer zu sagen. Steht nie aus seinem Sessel auf und spricht auch nie.

Okay – das ist schon mal, *wer* wir sind. Das Wo und Was ist ganz einfach. Es ist Samstagnachmittag, das letzte Juniwochenende. Und wir vier sitzen in Großvaters Wohnzimmer und schauen fern.

Es ist kurz vor vier und wir sitzen hier bereits seit Mittag. Ich langweile mich zu Tode. Draußen höre ich Kinder auf der Straße spielen. In der Ferne bimmelt ein Eiswagen. Aus einem Autoradio in der Nähe wummern Hip-Hop-Beats. Ich stelle mir die heiße Sommersonne vor, wie sie aus einem strahlend blauen Himmel herunterknallt ...

Aber das passiert alles draußen.

Hier drinnen, in diesem uralten staubigen Zimmer, sind die Vorhänge zugezogen und die Außenwelt ist meilenweit weg.

Hier drinnen existiert kein Sommer. Das Einzige, was es hier drinnen gibt, ist Pferderennen im Fernsehen, abgestandene Luft und drei lebende Leichen – Dad, Großvater und Grag, der bis auf seine gelegentlichen Fürze in der letzten halben Stunde keinen Laut von sich gegeben hat. Die drei sagen nie was, sondern sitzen bloß einfach da. Dad und Großvater hängen zusammen im Sofa. Und Grag sitzt in seinem abgegrabbelten alten Sessel. Alle drei starren mit leerem Blick auf den Fernseher. Es ist, als würden sie aus allem ringsum das Leben saugen ...

Es zieht mich total runter.

Leben die drei überhaupt noch?

Wär mir ja egal, wenn sie nicht meine Familie wären – mein eigen Fleisch und Blut. Jedes Mal wenn ich zu ihnen rüberschaue, frage ich mich, ob ich mit den Jahren wohl auch so werde. Sieht so meine Zukunft aus? Der Gedanke schaudert mich. Ich will nicht so enden wie die. Ich will nicht alt sein. Ich will nicht mal daran denken, alt zu sein.

Also sage ich mir: *Hör auf, dran zu denken. Denk an was anderes.*

Und an was?

Keine Ahnung ... egal was. An Amy zum Beispiel ...

Nee, an die will ich nicht denken.

Wieso denn nicht? Nur weil ...

Hör auf.

Die letzten zwei Worte sind so klar und deutlich in meinem Kopf, dass ich für einen Augenblick überlege, ob ich sie vielleicht laut gesagt habe. Wär mir echt peinlich, deshalb schaue ich vorsichtig hoch. Hat einer von den dreien da irgendwas mitgekriegt?

Nee, alles in Ordnung – sie starren noch immer auf ihren Fernseher.

Verstehst du, die würden sich nicht mal rühren, wenn nebenan eine Bombe explodiert. Die kriegen *null* mit.

Zurück zu Amy. Das ist meine Freundin ... oder besser gesagt, *war* meine Freundin. Ehrlich gesagt hab ich nur zweimal mit ihr gesprochen.

Das erste Mal war letzte Woche, als ich sie gefragt hab, ob wir uns heute Abend an der Bushaltestelle treffen wollen.

Das zweite Mal war, als sie gestern Abend angerufen und mir gesagt hat, sie hätte was Besseres vor.

Ich höre mich sagen: »Können wir vielleicht mal die Vorhänge aufziehen?«
Keine Antwort.
»Dad?«, frage ich.
»Was ist?«, knurrt er.
»Können wir mal die Vorhänge aufziehen?«
»Nein«, antwortet Großvater und starrt dabei weiter in den Fernseher.
»Aber es ist so ein toller Tag draußen.«
»Lass sie zu«, murmelt Großvater.
Ich schaue Dad an.
Dad meint: »Die Sonne ist zu hell. Das blendet auf dem Fernseher.«
»Tut mir in den Augen weh«, ergänzt Großvater.
»Okay«, sage ich.
Und wir versinken wieder in Schweigen.
Was mache ich hier?
Ich besuche meinen Dad immer am letzten Samstag des Monats. Ich *will* das eigentlich nicht, und ich glaube auch nicht, dass er's will, aber ich bin jetzt schon so lange an diesen Samstagen hergekommen, dass wir gar nicht mehr groß drüber nachdenken.
Es ist einfach so. Wir tun es einfach. Am letzten Samstag eines Monats steige ich jedes Mal in den Bus und rumple durch die Stadt, um meinen Dad zu treffen.

Ich *muss* nicht. Ich meine, es zwingt mich nichts. Meine Eltern sind nicht mal richtig geschieden. Sie leben nur einfach nicht zusammen. Schon seit sieben Jahren nicht mehr.

Ich erinnere mich, wie Mum zu Dad gesagt hat: »Wozu Scheidung? Keine Frau, die nicht von allen guten Geistern verlassen ist, wird dich je haben wollen, und ich werde nicht um sämtliche Reichtümer dieser Erde noch einmal heiraten. Lass uns das Geld nicht für irgendwelche Scheidungsanwälte vergeuden. Ich bleibe mit Finn hier und du kannst zu deinem Dad ziehen. Wir lassen also einfach alles so, wie es ist – okay?«

»Aber ...«, sagte Dad.

»*Okay?*«

»Ja.«

Und damit fertig.

Das heißt, es ist nur aus Gewohnheit, dass ich jetzt hier sitze, bei Dad, und mich zu Tode langweile. Ich weiß nicht, wie lange ich das noch aushalte. Ich *muss* nicht hierbleiben. Ich kann gehen, wann immer ich will. Ich könnte auch ... jetzt sofort gehen.

Das Problem ist nur, ich bleibe *immer* zum Tee, und wenn ich jetzt gehe, werden sie alle Fragen stellen.

Was ist los, Finn?

Wieso gehst du schon?

Ich will keine Fragen. Fragen bedeuten Antworten und Antworten bedeuten Lügen. Ich hab keinen Bock, mir irgendwelche Lügen auszudenken.

Aber ich will nicht bis zum Tee bleiben. Tee trinken wir immer so gegen fünf und das ist noch fast eine Stunde hin. Ich muss zur Frittenbude laufen, wieder zurück, die Fritten verteilen, warten, bis alle fertig sind, Tee kochen, dann *noch* mal Tee kochen … und bis ich fertig bin, ist es fast sechs.

Sechs Uhr?

Auf gar keinen Fall, sage ich mir. *Sechs Uhr, das ist noch zwei Stunden hin. Zwei Stunden dieses Elend? Soll das ein Witz sein? Ich halte es hier keine weiteren zwei Stunden aus. Wenn ich noch zwei Stunden hier sitze …*

Dann …

KRACH!

»Was war das?«, fragt Dad. Er schaut zur Tür.

»Gartentür«, sage ich und steh auf. »Ich glaub …«

PENG!

Die Gartentür schlägt wieder zu …

KLACK – KLACK

… und jemand verriegelt sie.

Dad dreht sich zu Großvater um. »Erwartest du jemanden?«

Großvater schüttelt den Kopf.

Und dann starren wir alle zur Tür. Wir horchen angestrengt auf die Schritte, die den Flur durchqueren und schnell aufs Wohnzimmer, also auf uns zukommen. Die Zeit scheint stehen zu bleiben. Keiner rührt sich. Keiner sagt was. Es gibt keine Zeit. Es gibt nur die Schritte – *klomp, klomp, klomp.*

Hat wahrscheinlich nichts zu bedeuten ..., überlege ich langsam.

Dann platzt jemand ins Zimmer, total schwarz angezogen, mit Motorradhelm auf dem Kopf, und richtet eine Pistole auf meinen Schädel.

Mein Kopf ist wirr und leer

»Hey!«, brüllt der Fremde und stößt die Pistole in meine Richtung. »Keine Bewegung … stehen bleiben … Klappe halten … hinsetzen …«
»Was?« ist das Einzige, was ich herausbringe.
»HINSETZEN!«
Ich setze mich hin.
Gelähmt.
Schockiert.
Und ohne eine Vorstellung, was ich tun soll.
Der Fremde ist ganz in Schwarz gekleidet – schwarze Lederhose, schwarze Lederjacke, schwarze Lederstiefel und schwarzer Motorradhelm. Der Helm hat ein getöntes Visier, sodass ich nicht erkennen kann, wer ihn trägt, aber die Stimme klingt weiblich – da bin ich mir sicher. Es muss eine Frau sein … vielleicht auch ein Mädchen. Sie ist nicht sonderlich groß. Ungefähr so wie ich. Schlank, nur mit Kurven, kleine Füße und kleine Hände …
»Was glotzt du?«, keift sie.

»Nnn ... nichts«, antworte ich und schaue blitzschnell nach unten.

Dad sagt zu ihr: »Was willst du, Mädchen, was hast du vor?«

»Klappe halten und hinsetzen«, erklärt sie und geht hinüber zum Fenster.

Während sich Dad hinsetzt, schaue ich wieder hoch und beobachte, wie das Mädchen durchs Zimmer geht. Ein kleiner Rucksack hüpft ein bisschen an ihrem Rücken auf und ab. Sie bleibt neben dem Fenster stehen, mit dem Rücken zur Wand. Dann zieht sie vorsichtig den Vorhang weg und späht nach draußen.

Ein Sonnenstrahl fällt in das dämmrige Zimmer und leuchtet die Staubwolken an, die durch die Luft schweben.

»Wir haben kein Geld«, erklärt Dad.

Sie lässt den Vorhang fallen und richtet die Pistole auf ihn. »Ich hab gesagt, Klappe halten. Ist die Haustür abgeschlossen?«

Dad antwortet nicht, sondern sieht sie bloß an.

Sie sagt: »Bist du *taub*?«

Dad schaut zu Großvater. Großvater zuckt mit den Schultern. Dad sieht mich an. Ich zucke mit den Schultern.

Das Mädchen fragt mich: »Wie heißt du?«

»Wer – ich?«, antworte ich dämlich.

»Ja – *du*. Wie heißt du?«

»Finn.«

»Okay, *Finn*«, sagt sie. »Schau nach der Haustür. Überprüf, ob sie verschlossen und verriegelt ist. Und wenn du schon dabei bist, stell den Fernseher aus und schließ oben sämtliche Fenster und Vorhänge.«

Sie starrt mich an, ein runder schwarzer Helm, aber die Augen sehe ich nicht. Ich starre zurück, versuche hinter das Visier zu gucken, zu sehen, was für ein Gesicht dahintersteckt … doch dann tritt sie vor und richtet die Pistole auf meinen Kopf und ich will nichts mehr sehen. Null.

»Steh auf«, sagt sie.

Ich stehe auf.

»Schalt den Fernseher aus.«

Ich mache ihn aus.

Sie winkt mit der Pistole zur Flurtür. »Haustür, Fenster, Vorhänge, oben … jetzt mach schon. LOS!«

Meine Beine zittern, als ich in den Flur trete. Mein Kopf schwirrt vor Angst. Das Mädchen zielt jetzt mit der Pistole auf Dads Kopf und sagt: »Wenn du in zwei Minuten nicht wieder hier bist, ist er tot, kapiert?«

Ich nicke und gehe durch den Flur.

Das ist alles so seltsam. Ich hab überhaupt keine Ahnung, was ich tun soll. Ich könnte die Haustür öffnen, auf die Straße laufen und um Hilfe schreien, aber das ist ein bisschen riskant. Das Mädchen, wer immer es ist, ich meine, *vielleicht* schießt sie ja nicht auf Dad ... *vielleicht* blufft sie ja bloß – aber wer weiß das schon?

Vielleicht ist sie ein Psycho. Vielleicht knallt sie ihn einfach ab. Ohne Skrupel. Vielleicht gefällt es ihr, Menschen zu töten.

Geh lieber auf Nummer sicher, sage ich mir.

Also schließe ich die Haustür ab und verriegele sie. Dann renne ich nach oben und schau eilig nach, ob alle Fenster zu sind. Ich weiß, dass sie zu sind. Es hat seit Jahren kein Mensch mehr ein Fenster geöffnet – ich schaue trotzdem nach. Dann schließe ich die Vorhänge. Danach bleibe ich einen Augenblick stehen.

Ich versuche zu überlegen, ob ich irgendwas tun kann ... irgendwas Cleveres, Raffiniertes ... doch mein Kopf ist wirr und leer. Mir fällt nichts ein. Deshalb renne ich wieder nach unten ins Wohnzimmer zurück.

Keiner hat sich gerührt. Dad, Großvater und Grag sitzen noch immer da und das Mädchen in Schwarz steht noch immer hinter ihnen. Dad wirkt benommen und ein kleines bisschen ängstlich. Aber Großvater scheint ganz ruhig zu sein. Sein Blick ist leer, kalt und starr – als ob er nachdenkt. Grag, der auf der anderen Seite des Zimmers sitzt, wirkt wie sonst auch – sabbernd und wie in einer anderen Welt. Das Mädchen hat noch immer die Pistole in der Hand und auch noch immer den Helm auf, nur den Rucksack hat sie abgenommen und auf den Tisch gestellt.

»Hinsetzen«, sagt sie zu mir und zeigt auf den Sessel.

Ich gehe durchs Zimmer. Wieso deutet sie auf den Sessel? Ich meine, es gibt doch nur diesen einen Platz, wo ich mich hinsetzen kann. Ich werde mich ja wohl kaum auf den Fußboden hocken. Doch ich sage nichts, halte ganz einfach den Mund und setze mich hin.

Das Mädchen fragt mich: »Hast du irgendwas gesehen?«

»Wie meinst du das?«, frage ich.

»Ob du was *gesehen* hast.«

»Wo?«

»Draußen ... auf der Straße. War da jemand?«

»Wer denn?«

»*Irgendwer*«, schnaubt sie. »Was ist los mit dir? Ist doch eine ganz simple Frage, oder?« Sie atmet tief durch, beruhigt sich und fragt mich dann noch mal: »Als du am Fenster warst ... hast du da draußen jemand gesehen?«

Ich schüttle den Kopf. »Ich hab nicht rausgeguckt.«

»Klar«, antwortet sie. »Okay ...«

Von da, wo ich sitze, kann ich sie nicht sehen. Aber selbst wenn, könnte ich ihr Gesicht nicht erkennen, doch ich hab das Gefühl, als ob sie nicht weiß, was sie als Nächstes tun soll. Ihre Stimme zittert. Sie klingt wie in Panik.

»Hör zu, Mädchen«, sagt Dad zu ihr. »Wieso nimmst du nicht einfach, was du willst, und verschwindest? Wir tun auch nichts. Versprochen. Wir rufen keine Polizei ...«

»Klappe«, faucht sie.

Aber er hält nicht die Klappe, sondern redet weiter: »Wir haben kein Geld, aber Grag hat oben ein paar alte Kriegsabzeichen und ...«

»Halt jetzt endlich die KLAPPE!«, schreit das Mädchen. »Verdammt, ich will deine dämlichen Kriegsabzeichen nicht. Heilige Scheiße, ich will überhaupt nichts aus diesem Haus, nicht mal für *Geld*. Schau dir das Zimmer doch an.« Sie wedelt mit der Pistole. »Scheiße, es *stinkt* hier drin. Es riecht, als wenn hier jemand verfault.« Sie schaut wieder Dad an. »Ich *will* nichts – kapiert? Das Einzige, was ich will, ist, dass du die Klappe hältst und mich nachdenken lässt.«

Es wird still im Zimmer. Sehr still. So still, dass ich das leise Ticken der Uhr auf dem Kaminsims höre, das blecherne Surren der Zahnräder und Federn … dazu das Mädchen hinter uns, das hin und her läuft. Und vom anderen Ende des Zimmers Grags zähen, schweren Atem …

Und dann begreife ich, dass es nicht nur hier drinnen still ist … es ist auch draußen still. Die Kinder haben aufgehört zu spielen. Es gibt keine Verkehrsgeräusche, keine Musik, keinen Eiswagen in der Ferne … nichts, nicht einen einzigen Laut.

»Sie ist auf der Flucht«, sagt Großvater leise.

»Was?«, fragt Dad.

»Sie ist …«

»Hey«, sagt das Mädchen. »Was hast du gebrabbelt?«

Großvater dreht sich um und schaut sie an. »Du bist auf der Flucht, stimmt's? Du hast was gemacht.« Er sieht zu dem Rucksack auf dem Tisch. »Was ist da drin?«

»Dreh dich um«, sagt sie zu ihm. »Und …«

»Geld?«, fragt er. »Ist da Geld drin? Du hast irgendwas ausgeraubt, stimmt's? Du hast irgendwas ausgeraubt und dabei ist was schiefgegangen. Und jetzt bist du ...«

»Wenn du«, sagt sie kalt, »nicht sofort die Klappe hältst und dich umdrehst, Opa, drück ich ab und spritz die Wände mit deinem Hirn voll. Kapiert?«

Einen Moment lang herrscht Schweigen, dann sehe ich aus dem Augenwinkel, wie Großvater sich mit einem wissenden Grinsen im Gesicht umdreht. Er stößt Dad mit dem Ellenbogen an. Als Dad ihn ansieht, zwinkert ihm Großvater zu. Er reibt den Daumen listig gegen die Finger und sagt lautlos – *Geld, Geld, Geld ...*

Im ersten Moment kapiere ich nicht. Ich verstehe nicht, was er meint. Aber dann, mit einem Schlag, weiß ich es plötzlich. Geld – er will ihr Geld. Ich starre ihn an. Ich hoffe, ich liege falsch, aber ich sehe es an dem Ausdruck in seinem Gesicht, dass ich recht hab.

Der dämliche Alte will ihr Geld. Glaubst du das? Der sitzt da, vor einem Mädchen mit einer Pistole in der Hand, und das Einzige, worüber er nachdenkt, ist, wie er an ihr Geld kommen kann ...

Es ist der *Wahnsinn*.

Er weiß nicht mal, ob sie Geld *hat*. Kann ja alles Mögliche in ihrem Rucksack sein – Bücher aus der Bibliothek, schmutzige Wäsche, Butterbrote, Einkäufe. Er nimmt einfach nur an, dass sie irgendwie kriminell ist. Er *weiß* nicht, ob sie auf der Flucht vor der Polizei ist. Ich meine, nur weil sie eine Pistole hat …

»ALICE MAY!«

Eine blecherne Stimme dröhnt die Stille fort.

»ALICE MAY!«

Ein Megafon draußen auf der Straße.

»HIER SPRICHT DIE POLIZEI. WIR WISSEN, DASS SIE DA DRIN SIND, ALICE. GEBEN SIE AUF. KOMMEN SIE MIT ERHOBENEN HÄNDEN AUS DEM HAUS.«

Ein atemberaubendes Gesicht

Als das Megafon verstummt, bricht plötzlich eine seltsame Stille herein.

Irgendwie wirkt alles leiser als leise. Die Stille ist schwer und stumm. Sie hängt in der Luft, lauernd, wie eine unsichtbare Wolke ...

Dann sagt das Mädchen: »Scheiße!« – und zerstört damit den Bann. Wir drehen uns um und schauen sie alle an.

»Seht ihr?«, sagt Großvater. »Hab ich doch gesagt. Ich hab's doch *gesagt*, dass sie auf der Flucht ...«

»Halt die Klappe«, faucht sie. Dann schlägt sie mit der Faust auf die Tischplatte – *bong, bong, bong* – und flucht wieder. »Scheiße, Scheiße, SCHEISSE ... verdammt, wieso wissen die meinen *Namen?*«

»Wahrscheinlich wegen dem Motorrad«, sagt Großvater.

»Was?«

»Du hast doch ein Motorrad benutzt, oder?«

»*Was?*«

»Ist doch ganz einfach – du hast einen Laden ausgeraubt und bist danach mit 'nem Motorrad abgehauen. Irgendwer hat sich wahrscheinlich das Nummernschild gemerkt ...«

»*Das Nummernschild gemerkt?*«

»... dann die Polizei angerufen und ihnen das Kennzeichen durchgegeben. Die Bullen haben in ihrem Computer nachgeguckt und schwupps ... deinen Namen gefunden ... Alice May.«

Das Mädchen – Alice May – starrt ihn an. Sie hat noch immer ihren Helm auf. Ihr Gesicht kann man nicht erkennen, deshalb sieht es so aus, als ob ihn ein Alien anstarrt. Dann geht sie auf Großvater zu, ganz langsam, mit der Pistole in der Hand.

Einen Moment lang denke ich: *Die wird ihn umbringen, die hält ihm die Pistole an den Kopf und bringt ihn um.*

Doch sie tut es nicht.

Sie hält an ... bleibt einen Moment lang stehen und sieht Großvater ganz fest an ... dann nimmt sie den Helm ab.

Ihr Gesicht ist atemberaubend, blass und zart. Es wirkt wie das Gesicht einer Porzellanpuppe. Der Mund ist klein, mit kleinen weißen Zähnen, und die Augen sind smaragdgrün.

Ich starre sie an – total glotzäugig – und sie zieht auch die Handschuhe aus und fasst sich an den Nacken. Sie löst ein Band und wirft den Kopf von einer Seite zur andern. Ich sehe mit offenem Mund zu, wie ihr eine Woge roter Haare über die Schultern fällt – rot, glänzend und absolut glatt.

»Ich hab das Motorrad *geklaut*, du Idiot«, sagt sie in höhnischem Ton zu Großvater. »Glaubst du etwa, ich nehm bei so was mein eigenes?«

Großvater zuckt mit den Schultern.

Sie sagt: »Nicht dass dich das irgendwas angeht.«

»Hab nur versucht zu helfen«, erklärt er. »Was hast du denn ausgeraubt? Die Post? Die haben samstags nicht viel in der Kasse …«

Die Megafon-Stimme plärrt plötzlich wieder dazwischen.

»ALICE«, brüllt sie. »DAS HAUS IST VON BEWAFFNETEN POLIZISTEN UMSTELLT … SIE KOMMEN DA NICHT MEHR RAUS … GEBEN SIE AUF … LASSEN SIE UNS DAS GANZE BEENDEN, BEVOR ES ZU SPÄT IST …«

Alice schließt einen Moment lang die Augen, dann atmet sie heftig aus, öffnet sie wieder und starrt mit leerem Blick zum Fenster.

Ich gebe es ungern zu, aber ich kann gar nicht mehr aufhören, sie anzusehen. Trotz dieser ganzen

Geschichte, die hier läuft, kann ich einfach nicht aufhören, sie anzustarren. Ich meine ... die Frau, sie ist *unglaublich*. Zart und weich und perfekt. Sie sieht aus wie ein Filmstar oder ein Model, ein Mädchen aus einer Fernsehwerbung ...

»Hey, Finn«, sagt sie auf einmal. »Kannst du vielleicht mal aufhören, mich *anzugaffen*?«

Ich schaue weg und werde rot.

»Verdammt«, murmelt sie vor sich hin. »Genau das brauche ich jetzt ...«

Ich schaue auf. Ich versuche, verletzt auszusehen, nach dem Motto: Wie kannst du es wagen, mich zu beschuldigen, dass ich dich angaffe ... aber sie hat mich schon längst vergessen. In dem Moment, als sie auf dem Weg zum Fenster ist und sich dicht an der Wand hält, denkt sie jedenfalls nicht über *mich* nach. Und das ist in meinen Augen auch völlig okay.

Sie steht mit dem Rücken zur Wand und schiebt den Rand des Vorhangs mit der Pistole ein winziges Stück zur Seite. Sie schaut kurz nach draußen. Fast im selben Moment reißt sie den Kopf wieder zurück.

»Verflucht«, murmelt sie vor sich hin.

Dad sagt: »Hinten haben sie sicher auch alles umstellt ... ist vielleicht besser, du gibst auf.«

»Ja?«, antwortet sie, zieht den Reißverschluss der

Jacke auf und starrt ihn an. Unter der Jacke trägt sie ein kurzes schwarzes Trägershirt. Ich sehe ein silbern funkelndes Piercing in ihrem Bauchnabel. Ehe sie mich wieder beim Gaffen erwischt, schaue ich lieber weg und richte den Blick zu Boden.

Dad sagt zu ihr: »Du weißt, dass sie recht haben, nicht? Du kommst hier nicht raus ... und selbst wenn, die Bullen wissen, wer du bist, das heißt, die wissen auch, wo du wohnst.« Er wischt sich den Rotz von der Nase am Ärmel ab. »Uns hier gefangen zu halten, bringt nichts. Macht höchstens alles noch schlimmer ...«

»Wenn du nicht sofort die Klappe hältst, wird für dich alles noch schlimmer«, antwortet sie.

»Sei doch nicht dämlich ...«

»Nenn mich nicht dämlich ...«

»Hey«, sagt Großvater. Er hebt die Hand und versucht, die Situation zu beruhigen. »Kein Grund zur Aufregung«, sagt er und sieht erst Dad an, dann Alice. »Beruhigen wir uns doch und reden drüber. Ich bin sicher, wir finden ...«

Plötzlich klingelt das Telefon.

Einen Augenblick starren wir alle den Apparat an.

Keiner von uns weiß, was er tun soll. Ich weiß nicht, ob es daran liegt, dass wir keine Ahnung haben, was gerade läuft, oder einfach nur daran, dass in diesem Haus *nie* das Telefon klingelt – keiner von uns hat es je klingeln hören.

Nachdem Großvater erst Dad, dann Alice und schließlich mich angesehen und von niemandem Unterstützung bekommen hat, nimmt er den Hörer ab.

»Hallo?«, fragt er langsam. »Ja … ja, das ist richtig.« Er schaut schnell zum Fenster, dann fährt er sich mit der Zunge über die Lippen, schaut Alice an und schließlich zu Boden. Seine Stimme wird leiser. »Ah hm«, sagt er ins Telefon. »Ah hm … ja … klar … in Ordnung … wer – ich?« Er sieht wieder Alice an. »Ronald Black«, sagt er. »Ja … das ist richtig. Was … hier drinnen, meinen Sie? Na ja, ich, mein Sohn –«

In dem Moment geht Alice zu ihm rüber und schnappt ihm den Hörer weg.

»Wer ist am Apparat?«, fragt sie wütend in den Hörer. »Ja? Vielleicht … wie heißen Sie? Ja? Nein … stopp … jetzt hören *Sie* mir mal zu. Sie hören jetzt *mir* zu – ich sage *Ihnen*, was passieren wird. Sie werden alle Ihre Leute vom Haus abziehen, das ist es, was passieren wird. Denn wenn ich irgendwas sehe, irgendwelche Bullen oder sonst wen … wenn ich *irgendwas* sehe oder höre … wenn ich auch nur *spüre*, dass irgendwas nicht stimmt … fang ich an zu schießen, haben Sie verstanden? Ich meine es ernst ... *eine* falsche Bewegung und das Haus ist ein Friedhof – kapiert? Genau ... gut ... ja, das ist richtig. Nein ... NEIN! ... Ich sage Ihnen, was ich verlange, wenn ich so weit bin – kapiert? Bleiben Sie einfach nur vom Haus weg ... bleiben Sie weg und niemandem passiert was.«

Sie knallt den Hörer auf die Gabel. Ihr Gesicht ist bleich und sie atmet schwer.

Keiner sagt etwas. Keiner rührt sich. Im Haus herrscht eine Spannung, die Luft ist schwer vor Stille.

Ich weiß nicht, wie es den andern geht, aber ich begreife allmählich, wie ernst die Lage ist.

Ich hab es natürlich auch vorher gewusst, aber jetzt lässt der Schock nach und ich sehe alles so, wie es ist ...

Und es sieht nicht gut aus.

Wir sind Geiseln.

Wir sitzen in diesem Haus fest mit jemandem, der Angst hat und eine Pistole. Alice hat gerade gesagt, dass sie uns unter Umständen alle umbringt.

Wir sind von bewaffneten Polizisten umstellt.

Nein – es sieht ganz und gar nicht gut aus.

Aber du kennst ja den Spruch: Gerade wenn du glaubst, schlimmer kann es nicht kommen, passiert der nächste Schlag.

Grag löst ihn aus.

Wir sitzen alle da – alle bis auf Alice, die steht – und warten, was kommt, als Grag plötzlich anfängt zu ächzen und zu stöhnen und sich aus seinem Sessel erhebt.

»Hey«, sagt Alice und richtet die Pistole auf ihn. »Hey, du … du … hinsetzen … hinsetzen, hab ich gesagt …«

Grag ignoriert sie natürlich. Er ist stocktaub, aber selbst wenn er es nicht wäre, glaube ich, würde er nicht kapieren, was sie gesagt hat. Also stemmt er sich weiter aus seinem Sessel und knurrt und sabbert dabei wie ein dürres altes Monster in einer Strickjacke.

Alice schaut plötzlich wütend. Sie starrt ihn für einen Augenblick an, dann geht sie auf ihn zu und richtet die Pistole auf seinen Kopf.

»Ich hab dir gesagt«, faucht sie. »Ich hab dir gesagt …«

Doch als sie näher kommt und sieht, wie alt und zittrig Grag ist, scheint sich ihre Wut zu legen. Sie geht langsamer, senkt die Pistole und scheint nicht so richtig zu wissen, was sie tun soll.

»Was hat er vor?«, fragt sie mit besorgter Stimme. »Sorgt dafür, dass er sich wieder hinsetzt …«

»Alles in Ordnung«, erklärt Dad. »Er tut nichts. Er muss bloß aufs Klo.«

»Aber das geht jetzt nicht«, sagt Alice und behält Grag im Auge, der sich immer noch müht, aus seinem Sessel hochzukommen. »Sag ihm, er soll sich wieder hinsetzen.«

»Besser, du lässt ihn gehen«, kichert Großvater, »es sei denn, du sehnst dich nach einer Gasvergiftung.«

Alice dreht sich um und sieht Großvater finster an. »Findest du das komisch?« Dann schaut sie wieder zu Grag. »Was ist los mit ihm?«

»Er ist alt«, erklärt Dad.

»Schon seit Jahren«, ergänzt Großvater. »Er ist schon so lange alt, dass sich sein Hirn verabschiedet hat. Hat sich die meiste Zeit nicht mehr unter Kontrolle.« Grag lässt einen leisen kleinen Furz fahren. »Siehst du«, sagt Großvater grinsend. »Pass auf, ich bring ihn besser ins Bad.«

»Nein«, sagt Alice und dreht sich um. »Keiner verlässt diesen Raum.«

»Er muss aber«, antwortet Großvater. »Sieh ihn dir doch mal an. Wenn ich ihn nicht nach oben bringe, passiert gleich ein Unglück. Das willst du doch nicht, oder?«

Alice weiß nicht, was sie will. Sie schaut zu Großvater, dann kräuselt sie die Nase und schaut hinüber zu Grag. Er steht jetzt, nach vorn gebeugt, und fummelt am Reißverschluss seiner Hose rum.

»Komm schon«, bittet Großvater Alice. »Lass mich ihn ins Bad bringen. Ich mach auch nichts. Ich werd nicht versuchen zu türmen und gar nichts. Versprochen. Ich bringe ihn bloß aufs Klo, lass ihn sein Geschäft machen und danach bring ich ihn gleich wieder runter. Vertrau mir – ich lass doch nicht meine Familie im Stich.«

Dad und ich werfen uns kurz einen Blick zu.

Wir wissen beide, dass es Großvater durchaus bringen würde, seine Familie im Stich zu lassen. Das hat er schon einmal getan, vor dreißig Jahren, als Dad noch ein Kind war. Er hätte kein Problem damit, es wieder zu tun.

Schließlich sagt Alice: »Okay. Bring ihn nach oben ... aber beeil dich. Und wenn du *nicht* zurückkommst oder irgendetwas Bescheuertes tust« – sie richtet die Waffe auf mich – »dann ist der Junge als Erster dran, kapiert?«

Großvater nickt, danach steht er auf, geht hinüber zu Grag und hilft ihm aus dem Zimmer.

Während sie langsam zur Tür schlurfen, frage ich mich, ob ich sie jemals wiedersehen werde.

James Bond

Jetzt sind wir nur noch zu dritt – Dad und ich, die wir auf dem Sofa sitzen, und Alice, die hinter uns steht. Ich schaue zu Dad. Er starrt ins Leere, seine Augen blinzeln nicht, die Hände liegen ruhig in seinem Schoß. Denkt er überhaupt an irgendwas?

Ich denke noch immer über Großvater nach und frage mich, was er wohl tun wird. Ich weiß, dass er *irgendwas* vorhat, denn Großvater bringt Grag sonst nie aufs Klo. Besser gesagt, er tut überhaupt nichts für Grag. Er *muss* also irgendwas vorhaben, und wenn es schiefgeht, zahl ich den Preis.

Peng, peng – tschüss, Finn ...

Plötzlich höre ich, wie Dad sagt: »Wieso setzt du dich nicht mal für einen Moment? Versuchst, dich zu entspannen ...«

»Entspannen?«, wiederholt Alice. »Du willst, dass ich mich *entspanne*?«

Dad zuckt mit den Schultern. »Wieso nicht? Kann doch nicht schaden, oder? Die Bullen werden fürs

Erste nichts unternehmen. Die haben es ja nicht eilig.«

Alice antwortet nicht. Stattdessen läuft sie hinter uns entlang – hin und her, hin und her, hin und her …

»Du nutzt den Teppich ab«, sagt Dad zu ihr.

Alice bleibt stehen.

»Kannst du *nie* mal die Klappe halten?«, fragt sie ihn.

Dad grinst vor sich hin. »Es war der Coop, stimmt's?«

»Was?«, fragt Alice.

»Der Supermarkt … du hast den Coop ausgeraubt.«

Sie geht um das Sofa herum und baut sich vor ihm auf. »Woher weißt du das?«

Dad grinst wieder. »Du hast da früher mal an der Kasse gearbeitet.«

Sie starrt ihn an und weiß nicht, was sie sagen soll.

Dad redet weiter. »Damals hattest du die Haare anders, aber ich erkenn dich trotzdem. Du hast ein Motorrad gefahren. Du hast es immer hinter dem Laden abgestellt. Seit ein paar Monaten hab ich dich nicht mehr gesehen, also nehm ich an, dass du gegangen bist … oder gegangen *worden* …«

Ja, denke ich. Ja, genau ... jetzt erkenne ich sie. Sie hatte kurze blonde Haare, hinten so ein bisschen gewellt, sie war immer meterdick mit Make-up vollgekleistert und hat so gut wie nie gelacht oder Hallo gesagt und dir auch nie geholfen, deine Sachen einzutüten ...

»Daher wissen sie, wer du bist«, erklärt ihr Dad. »Eine von den Angestellten muss dich erkannt haben.«

Alice schüttelt den Kopf. »Wie denn? Ich hatte doch die ganze Zeit die Motorradkluft an. Niemand kann mein Gesicht erkannt haben, ich hab Handschuhe getragen, es war auch nicht mein Motorrad ...«

Dad zuckt mit den Schultern. »Es gibt viele Möglichkeiten, woran man erkennen kann, wer jemand ist – die Art, wie er geht, die Stimme, die Figur. Du kannst nie alles verbergen.«

Sie sieht Dad scharf an, und für einen Moment glaube ich, dass sie ihm gleich eine knallt. Aber dann ist auf einmal Großvater da, er steht in der Tür und wir alle drehen uns um und sehen ihn an – und mir sackt das Herz in die Hose.

Er steht da mit einer Pistole in der Hand.

Ich fasse es nicht. Ich blinzle und schaue dann wieder hin, nur um sicher zu sein, dass ich mir nichts einbilde – aber ich bilde mir nichts ein. Er steht da wie so ein Super-Cop, Beine breit auseinander, die Arme nach vorn gestreckt, beide Hände halten die Waffe, mit der er auf Alice' Kopf zielt.

»Fallen lassen«, sagt er zu Alice. »Lass deine Waffe fallen, sofort.«

Sie sieht ihn bloß an.

Genau wie Dad.

Und ich.

Ich bin mir sicher, wir denken alle dasselbe: Verdammte Scheiße, was macht der da? Der bringt uns doch um. Ich meine, was glaubt der denn, wer er ist – *James Bond*?

Es entsteht ein langes Schweigen. Ich schaue weiter auf die Pistole in Großvaters Hand. Ich hab das Teil schon mal gesehen. Es ist Grags alter Militärrevolver. Er bewahrt ihn in seinem Zimmer auf, in so einer Kiste mit lauter Müll drin. Es ist ein riesiges, uraltes Teil mit extrem langem Lauf … total verrostet und schwarz und hinüber. Grag hat mir das Ding mal gezeigt … hab es kaum hochheben können – der Revolver ist tonnenschwer.

Aber Großvater scheint mit ihm klarzukommen. Er hält ihn mit ruhiger Hand auf Alice gerichtet, während er ein paar Schritte nach vorn macht und ins Wohnzimmer tritt.

»Bist du *taub*?«, meint er zu Alice. »Ich hab gesagt, lass die Waffe fallen.«

Sie rührt sich keinen Millimeter. Lässt die Pistole nicht fallen. Starrt Großvater einfach nur weiter an.

»Das ist krank«, sagt sie leise. »Du erschießt mich doch nie im Leben.«

»Nein?«, antwortet Großvater und tritt ein Stück näher an sie heran.

Langsam hebt sie die Waffe. »Nein.«

Jetzt stehen sie beide da. Beide haben ihre Waffe aufeinandergerichtet, beide warten, dass der andere etwas sagt.

Großvater redet als Erster. »Wie viel Geld hast du geklaut?«

»Das geht dich nichts an«, erwidert Alice.

Großvater grinst. »Und ob es mich was angeht. Allein aus *diesem* Grund hier. Also los, wie viel hast du gekriegt?«

»Für dich nicht genug«, antwortet sie.

»Wie viel?«

Sie sieht ihm in die Augen. Einen Moment lang sagt sie kein Wort. Dann holt sie tief Luft und atmet langsam wieder aus. »Was immer ich gekriegt hab, es gehört mir«, sagt sie. »Ich brauch das Geld … meine *Tochter* braucht es.«

»Deine *Tochter*?«, fragt Großvater und schnieft. »Was hat deine Tochter damit zu tun?«

»Jede Menge.« Alice' Stimme beginnt zu flattern. »Sie hat jede Menge damit zu tun ... wegen ihr hab ich das Ganze doch nur gemacht, verdammte Scheiße.« Sie wischt sich wütend eine Träne aus dem Auge. »Meine Tochter ist krank, kapiert? Sie muss operiert werden ... aber niemand operiert sie ... ich brauch das Geld, um die Operation ...« Ihre Lippen fangen an zu zittern und ihre Stimme verliert sich. Tränen laufen ihr übers Gesicht. Sie wischt sie fort, holt noch einmal tief Luft und versucht, sich wieder zu fangen.

»Ach, was soll's«, sagt sie schließlich. »Das verstehst du ja sowieso nicht ... du bist ein *Mann* ... keiner von euch versteht das.«

Großvater bleibt einfach stehen. Er sagt nichts, er nimmt auch die Waffe nicht runter.

Ich kann sehen, wie er über die Situation nachdenkt und überlegt, was er tun soll. Ich glaube nicht, dass er sich wegen Alice' Tochter Gedanken macht – den kümmert so gut wie niemand –, aber dass Alice auf einmal flennt, das hat ihn wahrscheinlich verwirrt. Alice hat recht, er kapiert null. Aber ich denke, das ist ihm egal.

Deshalb öffne ich, ohne groß nachzudenken,

den Mund und sage: »Die Pistole ist nicht geladen.«

Dad wirft den Kopf rum und sieht mich an. Ich kann spüren, wie er mich anglotzt, aber Alice und Großvater rühren sich nicht. Sie bleiben da, wo sie sind, und starren sich gegenseitig böse an. Schließlich – ohne jede Bewegung – fragt Alice mich: »Was hast du gesagt?«

»Großvaters Revolver«, erkläre ich ihr. »Er ist nicht geladen.«

»Halt die Klappe, du kleines ...«, fängt Großvater an.

»Bist du sicher?«, fragt Alice mich.

»Wag es nicht«, knurrt Großvater. »Noch ein Wort ...«

»Das ist Grags alter Militärrevolver«, erkläre ich Alice. »Es gibt keine Munition ...«

»Er lügt«, brüllt Großvater. »Der hat doch überhaupt keine Ahnung ...«

»Die Kammer ist sowieso total verrostet«, rede ich weiter. »Und dreckig. Selbst wenn es noch Munition geben würde, könntest du das Teil unmöglich laden.«

»Stimmt das?«, fragt Alice und dreht sich wieder zu Großvater um.

Die Waffe zittert jetzt plötzlich in seinen Händen.

»Nicht einen Schritt näher«, sagt er zu Alice. »Bleib, wo du stehst, ich warne dich ...«

»Dann mach endlich«, sagt sie. »Erschieß mich. Wenn die Waffe geladen ist, dann beweis es.« Sie reckt den Kopf hoch, als wenn er eine Zielscheibe wäre. »Na mach schon, erschieß mich.«

Großvaters Finger bewegt sich am Abzug, und obwohl ich genau weiß, dass der Revolver nicht geladen ist, habe ich trotzdem Todesangst. Was ist, wenn ich mich irre? Was ist, wenn er doch geladen ist? *Alles* ist möglich ...

Dann, während ich immer noch auf das Krachen des Schusses warte, zieht ein Lächeln über Großvaters Gesicht. Und er bricht in lautes Gelächter aus.

Schwarze Hitze und Tod

Ich wusste ja schon immer, dass Großvater verrückt ist, aber doch nicht *so* verrückt. Alice hat ihre Pistole genau auf seinen Kopf gerichtet und er steht bloß da. Er lacht wie ein Irrer. So wie jetzt habe ich ihn noch nie lachen hören. Ist ein merkwürdiges Gefühl und ein bisschen erschreckend. Alice weiß nicht, was sie tun soll. Sie steht bloß da und starrt ihn an. Kann ich verstehen. Ich würde an ihrer Stelle auch nicht wissen, was ich tun soll.

»Okay«, sagt sie schließlich zu ihm. »Okay … das reicht. Halt die Klappe und nimm die Waffe runter.«

Großvater schaut auf den Revolver in seiner Hand, als ob er nicht wüsste, wie er da hingekommen ist. Danach fängt er wieder an zu lachen, diesmal noch schlimmer.

Alice fragt: »Was ist? Was findest du so lustig?«

»Nichts«, bellt Großvater zwischen zwei Lachsalven. »Gar nichts …«

»Ach, und wieso machst du dir dann vor Lachen fast in die Hose?«

Aus irgendeinem Grund findet Großvater das *besonders* komisch und legt jetzt erst richtig los mit dem Gepruste und Gegacker. Grags Revolver baumelt noch immer in seiner Hand und Alice beobachtet das Teil mit Sorge. Dann auf einmal wird ihr Blick eisig – es langweilt sie zu warten.

»Ich sag es nicht noch mal«, erklärt sie mit Nachdruck. »Nimm … die Waffe … runter.«

»Wie – die hier?« Großvater lacht und fuchtelt mit dem Revolver vor ihrem Gesicht rum. »Du willst, dass ich den hier runternehme? Wieso? Was machst du denn, wenn ich's nicht tu? Was willst du dann machen, Miss *May*? Mich erschießen? Mich *umbringen*? Das glaub ich nicht …«

Ein plötzliches dumpfes *PENG!* zerreißt die Luft und Großvaters Worte verlieren sich in dem lähmenden Lärm eines Schusses. Ein verhallendes Echo lässt das Zimmer erstarren und für einen Moment nehme ich nur das schmerzhafte Klingeln in meinen Ohren und den beißenden Geruch in der Nase wahr … ein schockierender Geruch nach schwarzer Hitze und Tod und nach verbranntem Schießpulver … dann wird mein Kopf wieder klar – und ich sehe, dass Alice May die Pistole zur Decke gerichtet hat und ihre roten Haare mit kleinen Stückchen Putz übersät sind. Ich sehe auch Großvater. Er steht da und starrt sie mit geschocktem Blick und todbleichem Gesicht an.

Ich habe die letzten zwanzig Sekunden den Atem angehalten, jetzt tut es allmählich weh, deshalb mach ich den Mund auf und lass alles raus.

»*Gott*«, sagt Dad zu Alice. »Was sollte das denn?« Er schaut zu Großvater rüber. »Alles in Ordnung mit dir?«

Großvater nickt stumm. Er sagt kein Wort.

Dad sieht mich an.

»Ich bin okay«, versichere ich ihm.

Er sieht mich weiter an.

»Was ist?«, frage ich.

»Du Schlange«, sagt er böse.

»Was soll das heißen?«

»Du weißt genau, was ich meine …«

»Okay«, sagt Alice. »Es reicht. Beruhigt euch. Niemand ist verletzt.« Sie dreht sich zu Großvater um. »Bist du jetzt fertig mit Lachen?«

Großvater nickt wieder.

»Gib mir das Ding«, sagt sie und zeigt auf die Waffe.

Er reicht ihr wortlos den Revolver.

Sie überprüft ihn, öffnet den Lauf und schaut hinein – dann klingelt wieder das Telefon.

Dad will drangehen, aber Alice schnappt ihm den Hörer aus der Hand.

»Ja?«, sagt sie. Ein kurzes Schweigen, dann: »Nein, nichts passiert – nur ein Warnschuss. Nein, nein, niemand verletzt … tja, da müssen Sie mir wohl glauben. Nein … nein, ich hab gesagt, ich geb Bescheid, wenn ich fertig bin … nein, ich bin noch nicht so weit … keine Ahnung … hören Sie … okay, geben Sie mir eine Stunde … rufen Sie mich in einer Stunde wieder an. Einen Moment früher und der nächste Schuss geht nicht mehr in die Decke.«

Sie gibt Dad den Hörer zurück und sagt, er soll ihn auflegen. Er sieht sie für einen Augenblick an, dann tut er, was sie ihm gesagt hat.

Die nächsten fünf Minuten passiert nicht viel. Wir stehen alle nur rum … wir reden nicht viel, machen nicht viel. Wir warten nur einfach und überlegen, warten und überlegen, warten und überlegen …

Das Zimmer versinkt wieder in diesem lastenden Schweigen. Ich höre das leise Ticken der Uhr auf dem Kaminsims, das blecherne Surren der Zahnräder und Federn … ich höre die Stille der Straße draußen. Ich sehe die Staubwolken im dämmrigen Licht …

Und alles fühlt sich unheimlich an.

Natürlich ... es muss sich ja alles unheimlich anfühlen. Aber es ist noch etwas anderes ... noch etwas anderes als die Unheimlichkeit, ich spür es genau. Ich weiß nicht, was ich spüre. Ich kann's nicht erklären. Aber es ist ein neues Gefühl da ... ein Gefühl, dass sich alles verändert.

Alles – die Luft, das Haus, das Zimmer ... Dad und ich, Alice und Großvater, die Dinge, die wir alle wollen oder *nicht* wollen, die Art, wie wir alle übereinander denken ...

Keine Ahnung ... vielleicht bin *ich* es auch nur.

Aber schau mal –

Da ist zum Beispiel Alice, sie sitzt auf dem Tisch und fummelt an den Schnallen ihres Rucksacks rum. Woran denkt sie? An ihre Tochter? An die Bullen? Wie sie hier rauskommt, ohne erschossen zu werden? Und was denkt sie über mich? Hasst sie mich, weil ich sie angegafft habe? Oder freut sie sich, dass ich ihr das mit Grags Revolver gesagt hab?

Oder nimm Dad und Großvater, die zusammen im Sofa hängen und den leeren Fernsehbildschirm anstarren – Dad tief in Gedanken versunken, Großvater in dem Versuch, sich wieder zu beruhigen. Ich weiß, was sie über mich denken. Ich erkenne es an den bösen Blicken, die sie mir zugeworfen haben.

Ich bin eine Schlange, eine Petze, ein Verräter. Ich habe die Familie im Stich gelassen.

Ich bin mittendrin, ganz allein. Ich weiß nicht, zu wem ich gehöre, auf wessen Seite ich bin und wie und was und wann und wo und so weiter …

Es ist mir eigentlich auch egal.

Ich will bloß raus hier.

Raus aus dem Haus.

Und heimgehen.

Dann haben wir also einen Deal

Die nächsten fünf Minuten bleibt alles weiter still, aber dann bekommen wir einen Schock, als oben plötzlich ein rauschender Lärm losbricht.

»Was ist das?«, zischt Alice und springt auf die Beine.

»Das ist Grag«, antwortet Dad mit einem Grinsen. »Er zieht das Klo ab.«

»Scheiße«, sagt Alice mit einem Seufzer. »Den hab ich ja völlig vergessen.«

»Fällt nicht schwer«, sagt Großvater.

Alice sieht ihn an und merkt, dass er wieder normal ist. Er ist nicht mehr verrückt und hat auch keine Angst mehr. Er ist einfach nur Großvater.

»Er ist dein Vater«, sagt Alice.

»Ja und?«

»Du könntest ein bisschen mehr Respekt zeigen.«

»Wieso?«

»Weil er dein *Vater* ist ... und du sein Sohn.«

Großvater zuckt mit den Schultern. »Ich hab nicht drum gebeten, geboren zu werden.«

Alice öffnet den Mund, aber sie weiß nicht, was sie sagen soll, deshalb schüttelt sie nur den Kopf.

Großvater grinst sie an. »Lass uns reden.«

»Ich red nicht mit dir … es gibt nichts zu reden.«

»Was ist mit deiner Tochter?«

»Was soll mit ihr sein?«

»Nun ja«, sagt Großvater, »im Gefängnis wirst du ihr keine große Hilfe sein, oder? Keine Mami, kein Geld, keine Operation, keine Tochter …«

»Gott«, faucht Alice. »Du bist so ein widerliches Arschloch.«

»Vielleicht«, gibt Großvater zu. »Aber trotzdem hab ich recht, oder? Ich meine, wenn du hier rauskommst, dann wanderst du eindeutig in den Knast. Dann gibt's weder Geld noch eine Mami für deine Tochter. Die wandert ins Heim …«

»Nein!«

»Und das ist noch das Beste, was passieren kann. Das Schlimmste wär … ach komm, an das Schlimmste wollen wir besser gar nicht denken, was?« Er hält sich seine Finger an den Kopf und macht einen Schuss vor. »Peng!«, sagt er. »Bewaffnete Räuberin Alice May, Mutter einer kranken Tochter, von Polizei wegen Gefahr im Verzug erschossen …«

Alice starrt ihn an.

Er schaut grinsend zurück.

Und ich denke mir: *Hm, zugegeben, was er sagt, stimmt. Ist zwar schwer hinzunehmen, ich weiß, aber in diesem Punkt hat er ausnahmsweise recht.*

»Okay«, sagt Alice. »Und was willst du mir damit sagen?«

Großvater sieht sie an und genießt die Situation, dann fragt er: »Du willst raus hier?«

»Dämliche Frage«, antwortet sie.

Er sieht sie weiter an.

»Ja«, seufzt sie schließlich. »Ja, ich will raus hier.«

»Okay«, antwortet er. »Und was ist dir das wert?«

»Was mir das wert ist? Wie meinst du das?«

»Was ist es dir wert? Wie viel bezahlst du, um hier rauszukommen? *Das* mein ich.«

»Du kannst mich hier rausbringen?«

»Vielleicht …«

»Was ist mit den Bullen?«

»Ich kann dich hier rausbringen.«

»Wie?«

Großvater grinst nur.

Und in den nächsten paar Sekunden kann ich die Stille geradezu spüren, den Sturm von Gedanken, der in der Luft pulsiert.

Großvater wartet ab, hält seinen Plan zurück.

Dad gibt nichts preis.

Und Alice denkt nach, denkt angestrengt nach.

Ist das eine Falle?

Ein Trick?

Eine Lüge?

Ein Spiel?

Ist es das Risiko wert?

Ich meine, sie hat ja nicht viel zu verlieren ...

»Ja oder nein?«, sagt Großvater und schaut auf die Uhr. »Ist deine Entscheidung, Alice. Denk drüber nach. Aber überleg nicht zu lange ... die Bullen warten nicht ewig.«

Alice sieht ihn an. »Wie viel willst du?«

Er grinst. »Wie viel hast du?«

Ihr Blick schwenkt zu dem Rucksack auf dem Tisch. »Hör zu«, sagt sie, »viel ist es nicht ...«

»Wie viel?«

Sie wischt sich den Schweiß aus der Augenbraue und beugt sich über den Tisch. »Mach mal ein Angebot«, hält sie dagegen.

Großvater lacht. »Was glaubst du, was das hier ist? Ein Flohmarkt?«

»Okay«, sagt Alice. »Zehn Prozent.«

»Von was?«, fragt Dad.

Sie sieht ihn an. »Von dem, was ich habe.«

»Die Hälfte«, sagt Dad.

»Die Hälfte? Niemals …«
»Entweder oder«, antwortet Großvater.
Sie zuckt mit den Schultern. »Dann eben nicht.«
»Dann hast du gar nichts.«
»Ihr aber auch nicht.«
Großvater und Dad sehen sich an. Alice behält sie im Auge. Dad beugt sich herüber und flüstert Großvater etwas ins Ohr. Großvater hört zu.

Er sieht Alice an und denkt nach. Dann schaut er Dad an und nickt mit dem Kopf.

Dad sagt zu Alice: »Dreißig Prozent.«
»Zwanzig«, antwortet sie.
»Für jeden?«

Plötzlich sieht Alice mich an und – wie ein Idiot – lächle ich zurück. Weiß der Himmel, wieso … ich meine, die braucht doch jetzt wirklich kein Lächeln. Aber sie lächelt zurück – ganz cool und gelassen und wunderschön – und ich spüre, wie mein Gesicht plötzlich anfängt zu glühen. Ich werde knallrot bis rauf zu den Ohren …

Doch das ist mir egal.
Ich bin so glücklich.

Und dann zwinkert sie mir zu und mein Herz fängt an zu singen.

Sie dreht sich um und sagt zu Dad: »Wenn du *für jeden* sagst, was bedeutet das?«

»Zwanzig Prozent für mich, zwanzig Prozent für ihn«, antwortet er und deutet auf Großvater.

Alice nickt. »Und was ist mit Finn?«

»Was soll mit ihm sein?« Dad schnaubt, als ob ich überhaupt nicht dazugehöre, als wenn ich Luft wär.

Alice zuckt mit den Schultern. »Er ist dein Sohn ... ich hab nur gedacht ...«

»Wenn *du* ihm was geben willst, ist das dein Bier«, sagt Dad. »Aber das geht dann von deinem Anteil ab, nicht von unserem, klar?«

»Okay«, sagt Alice. »Doch ihr kriegt nicht jeder zwanzig Prozent. Ich geb euch ein Drittel zusammen und Schluss. Kein weiteres Rumgefeilsche. Das sind dreiunddreißig Prozent. Mein letztes Angebot.«

Dad und Großvater reden miteinander. Sie murmeln und flüstern wie zwei Idioten in einer Quizshow. Ich weiß nicht, was ich tun oder wo ich hingucken soll. Ich bin noch immer verlegen, weil ich Alice angelächelt hab, aber inzwischen bin ich auch verlegen wegen Dad. Ich hab mich an ihn gewöhnt, deshalb macht es mir normalerweise nichts aus, wenn er mich wie Dreck behandelt, aber wenn er es vor anderen Leuten tut ... na ja, dann fühl ich mich einfach ziemlich beschissen. Nicht wegen mir, sondern wegen ihm.

Ich sitze da, starre zu Boden und horche auf das Geflüster von Großvater und Dad, bis es endlich aufhört, Großvater aufschaut und sagt: »Okay, Miss May, abgemacht. Dann haben wir also einen Deal.«

Der Clou

Es ist schwer, ein Gefühl für die Zeit zu behalten, wenn lauter schaurige Dinge passieren.

Die Sekunden und Minuten scheinen irgendwie ständig zu beschleunigen und zu verlangsamen … zu beschleunigen, zu verlangsamen … schneller und wieder langsamer … schneller, langsamer … schneller, langsamer …

Jetzt im Moment – während Dad und Großvater am Tisch sitzen und mit Alice ihren Plan diskutieren – scheint es mir Monate her, dass Alice mit den Bullen telefoniert und ihnen gesagt hat, sie sollen in einer Stunde wieder anrufen … doch gleichzeitig kommt es mir vor, als wäre es erst vor fünf Minuten gewesen. Monate oder fünf Minuten?

Hier drinnen fühlt sich im Augenblick beides gleich an – ein Monat ist fünf Minuten und fünf Minuten sind einen Monat. Ich *glaube*, der Anruf ist ungefähr eine halbe Stunde her, aber ich habe den Kontakt zur realen Welt total verloren.

Wie ich gesagt hab, Dad und Großvater sitzen am Tisch und diskutieren mit Alice ihren Plan.

Von meinem Platz aus – ich sitze noch immer im Sessel – ist es ein merkwürdiges Bild. Alice hockt auf der einen Seite des Tischs, mit dem Rucksack auf ihren Knien und der Pistole in der Hand. Dad und Großvater sitzen nebeneinander ihr gegenüber, auf der anderen Seite des Tischs, und haben alles im Blick, was sie tut.

Sie haben Alice im Blick, Alice hat sie im Blick … Alice im Blick … sie im Blick.

Sie wirken alle drei sehr gereizt. Sie wissen nicht, was sie mit ihren Händen anfangen sollen, und jeder versucht, möglichst cool zu bleiben. Sie sprechen ruhig, kalt, gehen das Ganze pragmatisch an.

»Ich brauch eine Sicherheit«, sagt Alice. »Ich muss wissen, dass ihr euren Teil des Deals auch einhaltet. Ich geb euch doch nicht mein Geld, ohne zu wissen, was ich dafür kriege.«

»Hör zu«, antwortet Großvater. »Wir haben keine Zeit, hier lange rumzudiskutieren …«

»Dann erklärt mir, wie ihr mich rausbringen wollt.«

»Wenn wir dir das erklären, was soll dich dann hindern, das Geld *komplett* für dich zu behalten?«

»Keine Ahnung. Ich *weiß* nicht, wie euer Plan

aussieht. Wie kann ich euch betrügen, wenn ich nicht einmal weiß, was ihr vorhabt?«

»Hä?«, sagt Großvater und kratzt sich am Kopf.

»Ihr müsst mir ja nicht alles erzählen«, erklärt Alice. »Ich brauche nicht jedes Detail … gebt mir einfach nur eine Vorstellung, wie ich hier rauskommen soll. Dann, wenn der Plan einigermaßen okay klingt, können wir das mit dem Geld regeln.«

Großvater sieht Dad an.

Dad nickt. »Also gut«, sagt er nach einer Weile. »Erklär's ihr. Aber behalt die Einzelheiten für dich.«

Großvater wartet einen Moment, überlegt, was er sagen soll und was nicht. Dann wendet er sich an Alice und beginnt zu erklären: »Okay«, sagt er. »Also, da ist dieses Ding auf dem Dachboden, ein Versteck …«

»Ist das alles?«, fragt Alice und lacht auf. »Ein Versteck auf dem Dachboden?«

»Nein«, antwortet Großvater gereizt. »Das ist *nicht* alles. Wenn du mich vielleicht mal ausreden lässt …«

»Dann red endlich«, sagt Alice.

Großvater seufzt, schüttelt den Kopf und fährt schließlich fort. »Okay, also, wie ich schon sagte, es gibt ein Versteck auf dem Dachboden, aber das ist nicht der Clou. Der Clou sind die Wände.«

»Die Wände?«, fragt Alice.

»Ja«, sagt Großvater und seine Augen leuchten auf. »Weißt du, die alten Reihenhäuser hier wurden immer mit einem gemeinsamen Speicher gebaut. Die meisten sind inzwischen getrennt, aber die Wände, die zur Trennung errichtet wurden, sind nur aus Rigips, das heißt, einmal mit etwas Schmackes davorgetreten und du bist auf dem Speicher nebenan.«

Er schnieft heftig und kratzt sich am Kopf. »Das heißt, wir tun Folgendes ... wir bringen dich auf den Dachboden und treten ein Loch in die Trennwand. Dann kannst du in den Speicher vom Nachbarhaus rüber. Von dort führt eine Falltür nach unten. Du kannst sie öffnen, die Leiter runterlassen und – Bingo! – bist du im Nachbarhaus. Die Leute, die da wohnen, sind gerade in Spanien, das heißt, das Haus ist leer. Aber das ist auch völlig egal, denn du gehst sowieso nicht nach unten. Du verkriechst dich ganz einfach in dem Versteck.« Er grinst und wirkt mit sich zufrieden. »Und? Kapierst du jetzt?«

Alice zuckt mit den Schultern. »Nicht wirklich.«

Großvater sieht sie mit hochgezogenen Augenbrauen an, dann schaut er zu Dad. »Hab ich zu viel ausgelassen?«

»Eigentlich nicht«, antwortet Dad. Er dreht sich

zu Alice um und sagt: »Hör zu, die Sache ist doch ganz einfach. Wenn die Bullen hier anrufen, sagen wir ihnen, du bist auf den Dachboden getürmt. Dann kommen sie rein, marschieren nach oben, und wenn sie das Loch in der Wand sehen, dazu die offene Falltür und die Leiter nach unten, dann denken die doch, dass du durchs Nachbarhaus abgehauen bist.«

Alice nickt. »Aber in Wirklichkeit verstecke ich mich noch auf *eurem* Dachboden.«

»Genau«, sagt Dad.

»Und dann?«

»Dann«, sagt Dad, »hängen die Bullen eine Weile hier rum – suchen nach Fingerabdrücken, stellen Fragen, nehmen unsere Aussagen auf, solche Sachen eben – und danach verschwinden sie irgendwann.«

»Und dann komm ich runter«, sagt Alice.

»Genau.«

»Und schleich mich im Dunkeln fort.«

»Richtig.«

Sie schaut zu mir. Es ist nur ein ganz kurzer Blick, aber ich sehe, wie sie über den Plan nachdenkt und darüber, ob er funktionieren kann. Es ist, als wenn sie sagen wollte: *Was hältst du davon? Ich meine, klingt doch okay, oder? Aber ich trau den zwei alten Halunken nicht eine Sekunde …*

Dad sagt: »Und ... was denkst du darüber?«

Sie dreht sich wieder zu ihm um. »Dieses Versteck«, fragt sie, »wie groß ist das? Ich meine, ich sitz ja da drin ziemlich lange rum. Ist da genug Platz zum Atmen?«

»Ist groß genug«, sagt Großvater. »Du kannst aufrecht drin stehen, dich sogar ein bisschen bewegen. Wir geben dir auch etwas Wasser mit. Das schaffst du schon.«

»Verstehe«, sagt Alice. »Und wie soll das mit dem Geld ablaufen?«

»Du gibst uns unseren Anteil, bevor du hochgehst, und nimmst den Rest mit.«

»Auf keinen Fall.« Alice schüttelt den Kopf. »Glaubt ihr eigentlich, ich bin bescheuert? Sobald ihr euren Anteil habt, sagt ihr den Bullen doch, wo ich bin ...«

»Natürlich nicht«, antwortet Dad. »Wenn wir denen sagen, wo du bist, erzählst du ihnen doch, dass du uns das Geld gegeben hast und wir dich versteckt haben. Dann buchten sie uns ja auch ein.«

»Nein«, sagt Alice. »Ich nehme das *ganze* Geld mit rauf und geb euch euren Anteil, sobald die Bullen weg sind.«

Großvater lacht.

»Was?«, fragt Alice.

»Du hast eine *Pistole*«, erklärt er ihr. »Wenn die Bullen weg sind, gibst du uns das Geld doch nie, oder? Ich meine, erwartest du etwa, dass wir dir über den Weg trauen?«

Er sieht sie an, seine Augen sind weit aufgerissen und dann fängt er wieder an zu lachen. Es klingt nicht ganz so durchgeknallt wie vorhin, aber immer noch nicht normal. Dad scheint das nicht besonders zu kümmern. Er sitzt bloß da, mit leerem Ausdruck, und starrt Alice an, während Großvater johlt und prustet. Alice gibt sich alle Mühe, mit der Situation klarzukommen, sie starrt nur zurück und reagiert nicht auf Großvaters idiotisches Lachen.

Doch irgendwann hält sie es nicht mehr aus. Sie beugt sich über den Tisch und setzt Großvater ihre Pistole an den Kopf.

»Schluss jetzt«, sagt sie.

Großvater hört auf zu lachen – einfach so.

Im einen Moment ist er völlig außer Kontrolle und gackert wie krank und im nächsten ist er plötzlich wieder total normal.

»Noch ein Mal«, erklärt ihm Alice, »und du lachst in der Hölle weiter.«

Er nickt.

Sie sagt: »Die Zeit wird knapp – lasst uns weitermachen.«

Die nächsten zehn Minuten reden sie über Geld, versuchen sich zu einigen, wie sie es ohne Tricksereien aufteilen wollen. Alice macht diesen Vorschlag, Dad macht jenen Vorschlag und danach sagt Großvater wieder was anderes ... doch sie können sich auf nichts einigen und es wird echt völlig öde.

Nach einer Weile habe ich keinen Bock mehr, noch länger zuzuhören. Ich lasse mich einfach forttreiben, verliere mich in meinem Kopf und überlasse mich meinen Gedanken.

Gedanken wie zum Beispiel:

Ich hab Hunger.
Ich muss aufs Klo.
Was die Bullen da draußen wohl machen?
Ob die wissen, dass das Haus nebenan leer ist?
Ob Alice wirklich so jung ist?
Sieht nicht sehr alt aus ... siebzehn, achtzehn vielleicht ...
Ob ihre Tochter noch ein Baby ist?
Ob ihr in der schwarzen Lederhose heiß ist?
Ob ...
Ob ...
Ob ...

Versicherung

»Jetzt mach voran«, sagt Dad zu mir. »Wir haben nicht ewig lang Zeit.«

Ich schau zu ihm hoch. Er steht direkt vor mir, mit einem Haufen Bargeld in der Hand. Seine Augen sind voller Gier und er will endlich in die Gänge kommen.

»Jetzt *mach* schon«, sagt er. »Lass uns gehen.«

»Wohin?«, frag ich.

Er sieht mich an, als ob ich bescheuert wäre. »Hast du überhaupt nicht *zugehört*?«

»Nein«, antworte ich und schaue mich um. Am Tisch schaufelt Alice Geldstapel in ihren Rucksack, schlingt ihn über die Schulter und schnappt sich zuletzt ihren Motorradhelm und eine Colaflasche, die mit Wasser gefüllt ist. Großvater steht an der Seite und beobachtet sie. Auch er hält Geld in den Händen.

Dad packt meinen Arm und zieht mich auf die Beine. »Lass uns jetzt gehen«, sagt er.

»Ja, aber …«

»Beweg dich«, zischt er.

Dann führt er mich raus in den Flur und schiebt mich zur Treppe. Ich schaue zurück. Wieso folgen uns Alice und Großvater?

»Was ...«, fange ich an.

»Du gehst mit auf den Dachboden. In das Versteck«, erklärt Dad.

»Wieso?«

»Halt die Klappe und hör einfach zu, okay? Sie will eine Sicherheit, kapiert? Sie hat uns das hier gegeben.« Er wedelt mit einem Teil des Geldes vor meinem Gesicht. »Und sie will dafür von uns 'ne Versicherung, dass wir den Bullen nicht verraten, wo sie steckt. Die Versicherung bist du.«

Wir sind inzwischen halb die Treppe hoch. Dad atmet schwer. Ich weiß nicht genau, ob er außer Atem ist oder einfach nur aufgeregt.

»Versicherung?«, frage ich.

»Mach dir keinen Kopf«, antwortet er. »Du musst nur bei ihr bleiben, bis die Bullen weg sind.«

»Ja, aber ich versteh nicht. Was denn für eine Versicherung?«

»Lebensversicherung«, sagt Großvater und lacht. Ich drehe mich um und sehe ihn an. Er ist direkt hinter uns und Alice direkt hinter ihm. Sein klappriger Körper ist nach vorn gebeugt und knirscht in den Knochen. Er atmet noch schwerer als Dad, doch die Augen sind total lebendig und haben ein irres schwarzes Leuchten, das mich zu Tode erschreckt.

Sein Mund verzieht sich zu einem grausamen Grinsen und er sagt zu mir: »Wie dein Dad gesagt hat, mach dir keinen Kopf. Solange wir unseren Teil des Deals erfüllen, passiert dir nichts.« Er schaut zu Alice zurück. »Stimmt doch, oder?«, sagt er. »Du bringst ihn doch nur um, wenn wir den Bullen verraten, wo du steckst.«

Alice antwortet nicht. Sie sieht mich auch nicht an.

Großvater zuckt mit den Schultern. »Hey.« Er grinst mich an. »Jetzt guck nicht so – die Idee stammt von deinem Dad.«

Wir sind oben angekommen. Dad steht neben mir auf dem Treppenabsatz. Er lehnt sich gegen die Wand, um wieder Luft zu kriegen. Er riecht erhitzt und nach Schweiß. Ich weiß nicht so recht, ob ich ihn ansehen will … doch ich muss. Ich muss die Wahrheit wissen.

»Dad?«, frage ich.

Er sieht mich nicht an.

»Stimmt das, Dad? *War* das deine Idee?«

Er wischt sich das verschwitzte Gesicht ab und

nimmt meinen Arm. »Komm jetzt, wir haben keine Zeit.«

»Nein«, sage ich. »Ich will *wissen* ...«

»*Lass* es einfach«, faucht er und stößt mich den Flur entlang. »Geh weiter ... jetzt mach schon.«

Der Stoß ist nicht heftig, doch er bringt mich ein bisschen ins Straucheln. Für einen kurzen Moment platze ich geradezu – rase innerlich vor Wut. Dann streift mein Rücken die Wand und ich finde wieder Halt. Die brennende Wut erlischt auf einmal und es kümmert mich nicht mehr ... ich will es gar nicht mehr wissen. Es ist mir egal.

»Ich muss aufs Klo«, sage ich zu Dad.

Er greift jetzt nach der Dachbodenleiter, zieht sie herunter. »Dann geh«, antwortet er. »Und beeil dich ... wir haben nicht endlos lang Zeit.«

Ich gehe langsam aufs Badezimmer zu, öffne die Tür – und bleibe abrupt stehen, als ich Grag sehe. Er steht da, die Hose um die Knöchel, und starrt die Wand an.

»Alles in Ordnung mit dir?«, frage ich ihn.

Er dreht den Kopf und sieht mich an, seine Augen sind fahl und sein Mund steht offen.

»Pommes«, sagt er.

»Ja«, antworte ich. »Ich weiß.«

Ich zieh ihm die Hose hoch und führ ihn vorsichtig raus auf den Flur. Dann geh ich aufs Klo. Als ich die Wand anstarre, fühlt sich mein Kopf leer an. Nichts scheint auf einmal mehr wirklich. Ich ziehe ab und wasch mir die Hände, dann geh ich zurück in den Flur. Die Dachbodenleiter ist unten und Dad klettert gerade hinauf.

»Worauf wartest du?«, sagt Großvater, der am Fuß der Leiter steht. »Jetzt geh endlich rauf!«

Ich sehe ihn einen Augenblick an, dann klettere ich die Leiter zum Dachboden hoch. Es ist ein großer Speicher, der nur von einer nackten Birne beleuchtet wird, die lose an einem Balken hängt. Überall steht Abfall rum – Kisten, Mülltüten, kaputte Stühle, Stapel alter Bücher und verblichener Zeitschriften. Alles dick mit Staub und Ruß überzogen.

Alice steht neben einem alten Schrank, den jemand genau vor den Schornsteinkasten geschoben hat. Dad tritt ein Loch in die Wand zu dem Speicher vom Nachbarhaus. Es dauert nicht lange. *Wumm, wumm, wumm* ... und die Rigipswand bricht. Dad packt ein Stück vom Rand und reißt es heraus. Es entsteht ein Loch, das groß genug ist, um durchzuklettern. Blitzschnell ist er im Speicher nebenan, dann beugt er sich nach unten und öffnet vorsichtig die Luke. *Wenn jetzt unten die Polizei steht*, überlege ich, *dann war's das für ihn.* Ich stell mir das plötzliche Krachen eines Gewehrs vor und wie Dad nach hinten fliegt, voll im Gesicht getroffen. Ich frage mich, wie ich mich fühlen würde. Gut? Schlecht? Glücklich? Traurig?

Keine Ahnung ... ist auch egal, weil es sowieso nicht geschieht. Dad öffnet die Luke, späht durch die Öffnung, lässt die Leiter herunter und kriecht danach durch das Loch zurück in unseren Speicher.

»Also gut«, sagt er schweißüberströmt. »Seid ihr beiden bereit?«

Ohne ein Wort zu antworten, gehe ich zu dem Schrank rüber, wo Alice steht. Der Schrank ist groß – hoch und breit, mit Doppeltür. Ein paar Erinnerungen von ganz früher kommen hoch. Keine Ahnung, woher er stammte, aber ich weiß noch, wie ich ab und zu reingestiegen bin, die Türen geschlossen und mich in seinem Dunkel versteckt hab ...

»Finn«, sagt Dad.

»Was ist?«

»Aufwachen.«

Er öffnet die Schranktüren. Alice will schon reinklettern, aber Dad hält sie zurück und steigt selber rein. Ich weiß, was er macht, Alice aber nicht. Sie beobachtet ihn und versucht zu kapieren, was er vorhat. Er dreht eine verrostete Schraube aus der Rückwand des Schranks. Die Rückwand knarrt, dann geht sie auf und legt das Innere des Schornsteinkastens frei. Es sieht aus wie ein kleiner gemauerter Raum – verrußte Ziegelwände, ein schmaler staubiger Ziegelboden. In einem blassen Strahl dringt Tageslicht durch den Schornstein nach unten.

Alice stößt ein leises Pfeifen aus. »Nicht übel«, sagt sie. »Ganz und gar nicht.«

»Ja«, sagt Dad und steigt wieder raus. »Wenn ihr drin seid, werf ich ein bisschen Krempel in den Schrank, nur falls die Bullen einen Blick reinwerfen. Aber das glaub ich nicht. Sobald sie den Nachbarspeicher sehen, werden die hier nicht mehr lange rumsuchen. Ihr müsst nur drinbleiben, bis ich euch rausnole, und den Mund halten. Das ist alles. Haltet die Klappe und alles wird gut. Kapiert?«

Alice nickt.

Ich mache gar nichts.

»Okay«, sagt Dad. »Also rein mit euch.«

Alice sieht mich an, dann steigt sie in den Schrank und weiter in den Schornsteinkasten. Als sie dasteht, Wände und Boden betrachtet und ihre roten Haare im Dämmerlicht leuchten, schießt ein verrückter Gedanke durch meinen Kopf. Ich begreife plötzlich, dass alles allein davon abhängt, was ich als Nächstes tue – ob ich reingehe oder nicht. Wenn ich reingeh, wird aus mir das eine. Wenn ich nicht reingeh, was anderes. Es hängt alles von mir ab. Rein, nicht rein. Unterschiedliche Entscheidung, unterschiedliche Zukunft, unterschiedliche Geschichte.

Ich nehme an, wenn ich genügend Zeit oder Kraft hätte, wäre es vielleicht wert, drüber nachzudenken ... aber ich hab nicht genügend Zeit. Ich trete durch den Schrank und stelle mich zu Alice May in den Schornsteinkasten.

Nur wir zwei

Jetzt sind wir nur noch zu zweit – Alice lehnt in der einen Ecke des kleinen geziegelten Raums, ich in der andern. Der Raum ist wirklich schmal und die Luft staubig und abgestanden. Durch die Sommerhitze kommt es mir vor, als ob wir in einem Backofen sitzen. Aber alles in allem ist es nicht so schlimm. Wir haben genug Platz, um die Beine auszustrecken, ohne uns zu berühren, und wenn ich mich nicht bewege, ist die Hitze halbwegs erträglich. *Wenn* ich mich nicht bewege. Es gibt genug Licht, um zu erkennen, mit wem ich rede. Nicht dass wir besonders viel reden. Um ehrlich zu sein, seit Dad vor ungefähr fünf Minuten die Schranktüren geschlossen hat, haben wir noch kein einziges Wort gewechselt. Alice ist zu beschäftigt mit Horchen. Mit Horchen, wie Dad den Schrank mit Krempel füllt, danach die Türen schließt, dann über den Dachboden läuft, die Leiter hinunter und schließlich die Treppe hinab. Jetzt horcht sie, ob das Telefon klingelt … horcht ganz angespannt … mit geschlossenen Augen.

»Hier oben wirst du's nicht hören«, erkläre ich ihr.

Sie öffnet die Augen. »Was?«

»Das Telefon. Du wirst es hier oben nicht hören.«

Sie sieht mich lange an, dann schaut sie weg und rutscht herum – schiebt den Hintern hin und her, reckt den Hals, bewegt die Beine –, bis sie endlich richtig sitzt, mit angezogenen Beinen, den Rücken gegen die Wand gelehnt. Der kleine schwarze Rucksack liegt auf dem Boden zwischen ihren Füßen. Sie fasst hinein, zieht die Colaflasche mit Wasser heraus und trinkt einen kräftigen Schluck. Das Wasser rinnt ihr aus dem Mund, tropft am Kinn entlang und macht ihr Trägershirt nass. Sie bietet mir die Flasche an. Ich schüttle den Kopf. Sie wischt sich den Mund ab und stellt die Flasche auf den Boden, dann nimmt sie die Pistole aus ihrer Tasche und legt sie oben auf den Rucksack. Schließlich zieht sie den Rucksack dichter an ihren Körper. Sie lehnt sich zurück und sieht mich an.

»Und?«, fragt sie. »Was denkst du, Finn?«

»Worüber?«

»Über das hier«, sagt sie und schaut sich um. »Das Ganze ... in einem Schornstein gefangen zu sein, auf die Bullen zu warten ...« Sie lächelt mich an. »Ich vermute, dass du nicht damit gerechnet hast, deinen Samstagabend *so* zu verbringen, oder?«

»Nicht wirklich.«

»Tja«, antwortet sie. »Tut mir leid, dass ich deine Pläne durcheinandergebracht hab.«

»Schon okay.«

»Was hattest du denn eigentlich vor? Ich meine, wenn du jetzt nicht hier hocken müsstest, was würdest du dann machen?«

Ich wäre zu Hause, überlege ich. *Bei meiner Mum. Und wir würden in der Glotze irgendwelchen Samstagabendscheiß gucken.* Aber das sag ich Alice natürlich nicht. »Ich wollte mich mit meiner Freundin treffen. Wir wollten in einen Club.«

»Echt? Klingt super …«

»Ja.«

»Wie heißt sie?«

»Wer?«

»Deine *Freundin*.«

»Ach so, klar … Amy … sie heißt Amy.«

Alice nickt und ihre grünen Augen funkeln in dem schwachen Licht. »Ist sie hübsch, diese Amy?«

»Ganz okay.«

»Nur *okay*?«

»Ja, sie ist hübsch.«

»Was wird sie machen, wenn du nicht kommst? Meinst du, sie wird mit dir Schluss machen?«

»Keine Ahnung ...«

»Ich bin sicher, sie wird Verständnis haben, wenn du ihr erzählst, was passiert ist.« Alice lächelt. »Sag ihr, du warst die Nacht über mit einer Rothaarigen in Ledermontur zusammen in einem Schornsteinkasten – das wird sie *bestimmt* verstehen.«

»Ja ...«

»Mann, das war ein *Witz*, Finn ... ich versuch nur, die Situation hier ein bisschen aufzulockern.«

»Ich weiß.«

Sie sieht mich wieder so an, starrt mir voll in die Augen. Ich weiß nicht, was ich tun soll. Ich weiß nicht, was ich empfinden soll ... Alice gegenüber, mir gegenüber, dem Ganzen hier gegenüber. Ich weiß nicht, was hier abgeht.

»Pass auf«, sagt sie. »Es tut mir leid, klar? Ich wollte dich nicht mit reinziehen. Ist einfach passiert. Ich wünschte, ich könnte es ändern, aber das geht nicht. Das Einzige, was ich tun kann, ist mich entschuldigen. Deshalb ... also ... es tut mir leid. Okay?«

»Ja«, antworte ich.

Sie senkt den Kopf und sieht mich an. »Wirklich?«

»Ja, ist okay ... ehrlich.«

»Gut.« Sie wischt sich ein bisschen Ruß von den Händen und schaut den Schornstein hinauf. »Was ist das hier überhaupt? Ich meine, wie kommt es, dass dein verrückter Großvater ein Versteck in seinem Schornstein hat?«

»Früher hat er Sachen gekauft und verkauft«, erkläre ich ihr. »Manchmal waren es Sachen, die er geheim halten musste. Deshalb hat er sich das Versteck gebaut.«

»Was?«, sagt sie und grinst. »Du meinst gestohlenes Zeug?«

»Nehme ich an ... ja.«

»Ja, ja, ja ...«, sagt sie leise. »Das erklärt vieles.« Sie sieht mich an. »Du weißt, dass er total verrückt ist, oder?«

»Klar.«

»Liegt aber nicht in der Familie, oder? Ich meine, *du* drehst nicht durch, oder?«

»Nicht, wenn ich's verhindern kann.«

Sie nickt und grinst, dann reibt sie sich den Nacken, schließt die Augen und gähnt. *Sie muss müde sein*, sage ich mir. *Müde und hungrig*. Ich beobachte sie, wie sie den Kopf senkt und auf die Knie stützt, und dann lausche ich auf die Stille – das Knarren von Holz, das Wispern einer Brise, das ferne Gepiepse der Vögel ...

Schnapp dir die Pistole, sagt eine Stimme in meinem Kopf.
Was?
Die Pistole ... auf ihrem Rucksack ... schnapp sie dir, solange Alice nicht guckt ...
Und dann?
Keine Ahnung ...
Was soll ich mit der Pistole?

Alice rührt sich, seufzt, hebt den Kopf und sieht mich an. Für einen Moment weiß sie nicht, wo sie ist und was hier läuft. Dann ist plötzlich alles wieder da. Sie reckt sich und sagt: »Was glaubst du, wie lange es dauert, bis die Bullen hier raufkommen?«

»Keine Ahnung ... nicht lange, nehme ich an.«

»Du gehst davon aus, dass dein Dad und dein Großvater irgendwas probieren werden, stimmt's?«

»Was denn?«

»Weiß nicht.« Sie zuckt mit den Schultern. »Irgendwas Hinterhältiges ...« Sie tätschelt den Rucksack zwischen ihren Knien. »Die wollen das, was ich hier drin habe – den Rest des Geldes. Die werden alles tun, um an das Geld ranzukommen.«

Ich sehe sie an. »Wieso hast du dich dann drauf eingelassen?«

»Hatte keine große Wahl, oder? Außerdem besteht ja die Möglichkeit, dass es vielleicht doch klappt. Ist zwar nicht groß, die Möglichkeit, aber immer noch besser als gar nichts.« Sie grinst mich an. »Was meinst du? Haben wir eine Chance? Glaubst du, es funktioniert?«

Ich zucke mit den Schultern. »Weiß nicht ... vielleicht.« Ich sehe sie an. »Was passiert, wenn nicht?«

»Dann verhaften sie mich.«

»Und was ist mit mir?«

»Wie meinst du das?«

»Du weißt schon ... wenn Dad und Großvater den Bullen sagen, wo wir sind ...«

Sie sieht mich stirnrunzelnd an. Sie versteht nicht, was ich meine.

»Die Versicherung«, erkläre ich. »Ich bin deine Lebensversicherung ...«

»Ach, *das*«, sagt sie. »Mensch, Finn, das hast du doch nicht etwa geglaubt, oder? Ich hab geblufft. Ich knall dich doch nicht ab, verdammt noch mal. Was glaubst du eigentlich, was für ein komisches Mädchen ich bin?«

»Hm, keine Ahnung ... ich meine ...«

»Wenn ich dich nicht dabeihätte, würden dein Dad und dein Großvater mich doch gleich an die Bullen ausliefern. Die würden das Geld verstecken, mich den Bullen übergeben und fertig. Aber das werden sie nicht, weil ich dich als Pfand habe, richtig?« Sie beugt sich vor und tätschelt mein Knie. »Du bist mein Freifahrtschein nach draußen, Finn.«

»*Frei*fahrt kann man nicht sagen«, korrigiere ich sie.

»Nein?«

»Na ja, immerhin hast du Dad und Großvater ein Drittel von dem Geld gegeben …«

Sie lächelt. »Glaubst du wirklich, dass ich sie ihren Anteil behalten lasse?«

»Aber …«

»Es ist meins«, sagt sie grimmig. »Ich hab es geklaut, ich hab das ganze Risiko übernommen … da lass ich doch nicht zu, dass die zwei alten Säcke mir das Geld abnehmen.«

Ihr Gesicht wird wieder weicher. »Mach dir keine Sorge. Ich tu ihnen nichts. Sobald die Bullen weg sind, nehm ich mir einfach, was mir gehört, und verschwinde.«

»Die werden das Geld verstecken …«

»Ich finde es.«

»Was ist mit deiner Tochter?«

Zuerst antwortet sie nicht. Sie sieht mich nur an und die Luft wird auf einmal frostig. Die Wände um uns herum scheinen zu schrumpfen. Ich habe versucht, nicht von ihrer Tochter zu reden. Aber irgendwas in mir ... irgendwas macht mich nervös, etwas, das schon so lange in meinem Hinterkopf arbeitet, dass ich es nicht mehr zurückhalten kann.

»Meine Tochter?«, fragt Alice.

»Ja ... ich meine, wie willst du sie wieder zurückholen?«

»Was?«

»Die Bullen wissen doch bestimmt Bescheid über deine Tochter, oder? Die wissen ja, wer du bist, wo du wohnst ... da werden sie doch sicher rausgefunden haben, wo deine Tochter steckt, und inzwischen haben sie sie irgendwo in ein Heim gebracht. Das heißt, selbst wenn du hier mit dem ganzen Geld rauskommen *solltest*, musst du sie ja erst zurückkriegen, ehe du das mit der Operation regeln kannst ...«

Meine Stimme verliert sich, als ich Alice' Gesicht sehe. Sie grinst mich an, schüttelt leicht den Kopf und ihre Augen leuchten eisig.

»Was?«, frage ich. »Was ist denn?«

»Ich hab keine Tochter, du Knallkopf. Wieso sollte ich eine *Tochter* wollen?«

»Aber ... aber du hast doch gesagt ...«

»Mann«, schnaubt sie. »Du bist echt genauso bescheuert wie die zwei andern. Du glaubst wirklich alles!«

»Du hast gar keine Tochter?«

»*Natürlich* nicht. Das war erfunden, sonst nichts. Ich hab auf Zeit gespielt ... auf die Mitleidstour.« Ihre Stimme bekommt einen spöttischen Ton. »Armes kleines Mädchen braucht eine Operation ... schluchz, schluchz ...« Sie lacht kalt. »Werd endlich erwachsen, Finn – das hier ist keine Seifenoper. Das ist die Wirklichkeit. Ich bin eine Diebin. Beim Coop haben sie mich rausgeschmissen, weil ich die Kasse geplündert hab ... also bin ich zurück und hab den Laden ausgeraubt. Ich bin eine Diebin, nichts weiter. So einfach ist das.«

Ich bin sprachlos. Stumm. Leer. Ich sitze nur da, hör mir das alles an und tausend Gefühle wirbeln in mir herum ...

Dann höre ich unten Türen schlagen und polternde Schritte, die heraufkommen. Mir bleibt das Herz stehen. Es wird laut, jede Menge Rufe, schwere Schritte ... und aus dem Augenwinkel sehe ich, wie sich Alice absolut still verhält, ihr Gesicht ist erstarrt, während sie lauscht. Ihre Haut ist überall von einem Schweißfilm überzogen ... auf einmal wirkt sie gar nicht mehr so schön, sondern herzlos, gerissen und habgierig ... sie sieht aus wie jeder andere.

»Hörst du?«, flüstert sie. »Sie kommen ... sie kommen rauf.«

Ich höre die Sprossen der Leiter knarren, dann eine Stimme. »Hallo? Alice … hallo? Sind Sie hier oben? Wir kommen jetzt … okay? Wir kommen rein …«

Ich weiß nicht, was ich tue

Es gibt jetzt in mir keinen einzigen Gedanken ... ich bin nur noch Körper.

Mein Kopf ist leer, meine Nerven fahren auf Hochtouren. Ich höre jedes kleinste Geräusch.

Ich höre die Polizisten, wie sie den Dachboden betreten, ihre leisen Schritte und das vorsichtige Flüstern, das leise Klacken vom Metall ihrer Pistolen, das Ächzen der Bodendielen.

Ich sehe sie – in meinem Kopf. Ich *sehe* sie. Ich sehe sie in ihren schussfesten Westen, unter ihren Helmen, hinter ihren Visieren. Ich sehe, wie sie den Dachboden absuchen, wie der Lichtstrahl ihrer Taschenlampen über die Balken und Träger und über die alten verstaubten Kisten streicht, die in den dunklen Winkeln übereinandergestapelt stehen.

Und ich spüre sie auch.

Nichts passiert. Dann, als sie merken, dass Alice nicht da ist, werden ihre Stimmen lauter. Sie bewegen sich jetzt freier und das Gefühl von Bedrohung lässt allmählich nach.

Vor mir starrt Alice gebannt auf die Wand. Ihre Hand umfasst die Pistole. Sie atmet schwer. Sie schwitzt. Ich sehe, wie sich ihre Brust hebt und senkt. Ich höre das Wispern ihrer kurzen, flachen Atemzüge.

»Hey«, sagt eine Stimme draußen. »Schaut euch das an.«

»Was?«

»Die Wand ... da ist ein Loch in der Wand.«

»Scheiße«, sagt jemand.

Dann rennen sie alle zu der Wand, untersuchen das Loch und starren hindurch in den Speicher nebenan.

Und einer sagt: »Die ist hier durch – die ist ins Nachbarhaus. Wird das überwacht?«

»Keine Ahnung, Sir.«

»Dann finden Sie's raus – sofort!«

Und danach höre ich die Funkgeräte, quäkende Stimmen, Leute, die sich schnell bewegen ... und ich vermute, sie tun genau das, was Dad angenommen hat – sie glauben, dass Alice durch das Nachbarhaus geflohen ist.

Dad hatte recht.

Verdammt.

Er hatte recht.

Jetzt, als Dads Plan anfängt zu funktionieren und

die Bullen in die falsche Richtung laufen und jede Menge Lärm machen, spüre ich Alice' Hand auf meinem Bein.

Ich schaue hoch und sehe, wie sie sich lächelnd zu mir herüberbeugt. Ihre Hände sind leer. Die Pistole liegt oben auf dem Rucksack. Ihre Haut ist blass und glänzt vor Schweiß.

»Ich glaub, es klappt«, flüstert sie. »Ich glaub, es klappt wirklich.«

»Ja?«, sage ich.

Und sie nickt, das Glück leuchtet in ihrem Gesicht – und genau in diesem Moment schreie ich los und stürze mich auf sie.

Es ist kein großer Kampf, aber das habe ich auch gar nicht vor. Ich versuche nicht, sie zusammenzuschlagen oder irgendwas. Ich will sie nur von der Pistole weghalten, bis die Bullen hier reinkommen. Deshalb hab ich mich auf sie gestürzt und ihr die Luft aus der Lunge geboxt, und ich brülle und schreie so laut ich kann: »*HEY! HEY! HIER DRINNEN! IM SCHORNSTEIN! HINTER DEM SCHRANK!*« Und ich habe die Pistole vom Rucksack geschnappt und in die Ecke geworfen. Jetzt fängt Alice an, sich zu wehren. Ihre Lunge arbeitet wieder, sie hat den Schock überwunden und kämpft wie besessen. Sie kämpft wie ein Tier – schreit, zischt, spuckt, flucht …

schlägt mich, kratzt mir durchs Gesicht ... versucht sogar, mich zu beißen. Ich versuche, sie am Boden festzuhalten, aber es ist, als wenn du versuchst, ein Schlangennest festzuhalten. Sie ist klein, doch sie ist stark und schnell und wendig, und ich habe nicht genügend Hände, um sie unter Kontrolle zu bekommen.

»BEEILT EUCH!«, schreie ich. **»BITTE ... BEEILT EUCH ... HILFE!!«**

Jetzt höre ich sie, wie sie den Schrank aufbrechen, durch den ganzen Krempel poltern, den Dad da drinnen aufgestapelt hat. *Es dauert jetzt nicht mehr lange*, denke ich mir. *Es dauert nicht mehr lange ...*

»Arschloch!«, faucht Alice und rammt ihre Knie in meine Leiste, was höllisch wehtut. Ich lasse unwillkürlich ihre Arme los, und sofort fährt sie mir mit den Fingernägeln durchs Gesicht, von oben bis unten, dass es blutet. Ich drücke die Augen fest zu vor Schmerz und taste blind nach ihrem Arm, doch meine Hand verfängt sich in etwas ... in den Gurten ihres Rucksacks. Und jetzt windet sie sich unter mir raus, dreht und krümmt sich wie ein wildes Etwas und fasst nach der Pistole. Ich probiere sie abzuhalten, aber das klappt nicht mit nur einer Hand. Also versuche ich panisch, die andere Hand frei zu kriegen. Ich zerre und reiße, um sie aus den Gurten zu lösen, und irgendwie landet die Hand im *Innern* des Rucksacks. Plötzlich raste ich aus, ich verlier die Kontrolle, Angst überkommt mich ... und irgendwie gibt mir genau das den kleinen Extra-Ansporn, den ich brauche.

Meine Beine umklammern Alice und mit meinem Körper presse ich sie auf den Boden. Und trotzdem schieben sich ihre Finger der Pistole entgegen und kommen ihr näher und näher. Die Bullen kämpfen sich immer noch durch den Schrank und meine Hand steckt weiter im Rucksack fest. Ich weiß, wenn ich nicht schnell etwas unternehme, habe ich ein Problem. Die Angst gibt mir die nötige Kraft, ich stoße mich ab, liege plötzlich für den Bruchteil einer Sekunde verkehrt herum in der Luft und schaue durch den Schornstein nach oben in ein kreisförmiges Stück Himmel. Dann krache ich runter und lande rücklings mit voller Wucht auf Alice' Kopf. Ich höre ein dumpfes Knacken, ein Stöhnen und dann wird alles still.

Die Sekunden vergehen ... zehn Sekunden, vielleicht zwanzig ... keine Ahnung. Ich bin benommen und atemlos. Schweißüberströmt, rußgeschwärzt. Ich liege auf dem Rücken, auf Alice' Kopf. Ich ziehe meine Hand aus dem Rucksack. Ich tue etwas ...

Meine Augen sind zu.
Ich weiß nicht, was ich tue.
Dann bricht die Rückseite des Schranks auf und ich starre hoch in ein blendendes Licht und den Lauf eines Polizeirevolvers.

Wie Dad gesagt hat

Und das ist es so etwa. Das ist meine Geschichte. Das ist es, was mir an diesem sommerlich heißen Samstag im Juni passiert ist. Das Ganze kommt mir inzwischen so vor, als ob es schon lange her ist, aber das stimmt nicht – es war erst vor ungefähr vierzehn Tagen. Zehn Tagen, wenn ich's genau überlege. Oder sind es schon elf?

Keine Ahnung.

Irgendwie hab ich jedes Zeitgefühl verloren.

Egal, du brauchst nicht *alle* Einzelheiten zu wissen, was danach passiert ist. Ich erzähl dir nur das, was du unbedingt wissen musst.

Alice war okay, nachdem ich auf ihren Kopf fiel, sie war nur eine Zeit lang bewusstlos. Die Bullen legten ihr Handschellen an und brachten sie weg. Seitdem habe ich sie nicht mehr gesehen. Ich denke, sie ist wegen Diebstahl eines Motorrads, bewaffnetem Raub und illegalem Waffenbesitz dran … und das ist nur der Anfang. Ich geh davon aus, sie wird erst mal eine Weile sitzen.

Die Polizei untersucht noch immer die Sache mit Dad und Großvater. Ich habe den Bullen alles über die beiden erzählt – über das Geld, den Deal, den sie mit Alice hatten, die Weise, wie sie mich als Versicherung benutzt haben … ich hab den Bullen sogar geholfen, das Geld zu suchen. Ich hatte recht – die beiden hatten es wirklich versteckt. Aber ich habe so viel Zeit in Großvaters Haus verbracht, dass ich fast jedes Versteck dort kenne. Es dauerte nicht lange, das Geld zu finden. Genau genommen war es nicht viel – ich hab die Scheine gesehen, als die Bullen sie fanden – es wirkte nicht wie ein Vermögen auf mich. Ein paar Tausend Pfund vielleicht, vier oder fünf Riesen, irgendwas um den Dreh. Das heißt, wenn die beiden ein Drittel bekommen hatten, musste die komplette Summe, die Alice geklaut hat, etwa 15 000 Pfund gewesen sein. Nicht dass irgendjemand die genaue Zahl kennt …

Aber davon gleich mehr.

Wie ich schon sagte, die Polizei untersucht noch, was Dad und Großvater vorhatten. Sie sind nicht im Knast, und ich glaube, sie sind wieder zurück in Großvaters Haus. Ich weiß nicht genau, was mit ihnen passiert. Nicht viel wahrscheinlich. Sie werden sich da schon rauswinden. Das schaffen sie irgendwie immer. Aber solange sie mich nicht weiter behelligen, ist mir egal, was mit ihnen wird.

Der arme alte Grag ist in ein Altenheim gekommen. Der Sozialdienst hat ihn weggebracht, als Dad und Großvater in U-Haft saßen. Ich hab Grag vor zwei Tagen besucht. Er hat bloß in die Glotze gestarrt, wo Pferderennen lief, und ständig von Pommes gebrabbelt. Ich glaube, der wusste nicht mal mehr, wer er war.

Und ich? Was ist mit mir passiert? Na ja, ich musste jede Menge Fragen beantworten und ich musste eine Aussage machen. Wenn es zum Prozess gegen Alice kommt, werde ich vor Gericht erscheinen müssen ... aber sonst hat sich nichts groß verändert. Okay, ein paar Dinge haben sich schon verändert. Ich muss Dad nicht mehr besuchen. Das heißt, alle Samstage sind frei, was sehr schön ist. Und sonst? Ach ja, ich hatte einen Anruf von Amy. Eines Abends klingelte das Telefon und sie fragte, ob ich mich noch mal mit ihr treffen will.

»Wieso?«, fragte ich.

»Wieso?«

»Ja, wieso?«

»Na ja«, sagte sie. »Ich dachte, es wär doch ganz schön.«

»Früher hast du das nicht gedacht.«

»Ich weiß, aber ...«

»Nee, danke«, sagte ich und legte auf.

Keine Ahnung, wie sie das fand. Ist mir aber eigentlich auch egal. Ich hab nämlich jetzt eine neue Freundin. Sie heißt Tara. Sie ist ein Jahr älter als ich, hat lange blonde Haare, wahnsinnig blaue Augen und eine Figur, dass es dir den Atem verschlägt. Ich hab sie in einem Club kennengelernt. Anfangs stand sie nicht besonders auf mich, aber als sie das ganze Geld in meinem Portemonnaie sah, hat sie plötzlich ihre Meinung geändert. Ziemlich hohl, ich weiß ...

Aber was soll's?

Ich meine, sie ist echt schön.

Ich bin gern mit ihr zusammen.

Ich geb gern mein Geld für sie aus.

Okay, ich weiß, genau genommen ist es nicht *mein* Geld, aber ich fühle mich nicht schuldig deswegen. Nicht dass ich vorhatte, es aus Alice' Rucksack zu nehmen, als ich im Schornstein auf ihrem Kopf lag. Ich war benommen und verwirrt, du erinnerst dich? Meine Hand hatte ihr eigenes Leben. Als ich sie schließlich aus dem Rucksack zog, war das Bündel Geld bereits da, fest von meinen Fingern umschlossen. Ich konnte gar nichts dagegen tun. Ehe ich wusste, was geschah, hatte meine Hand das

Geld schon hinten in meine Hose gestopft. Und als Nächstes waren überall die Bullen, richteten ihre Pistolen auf mich und leuchteten mir mit ihren Taschenlampen in die Augen … und in dem ganzen Aufruhr muss ich das Geld dann total vergessen haben. Als ich mich wieder erinnerte … na ja, da war's schon zu spät. Was ich alles hätte erklären müssen … und die ganzen Probleme, die ich gekriegt hätte.

Am Ende beschloss ich, dass es das Beste war, das Geld zu behalten.

Schwer zu glauben, ich weiß.

Aber so ist es nun mal …

Niemand scheint das fehlende Geld bemerkt zu haben. Der Supermarkt hat sich nicht beschwert und die Polizei hat mich auch nicht danach gefragt. Was wohl bedeutet, die wissen überhaupt nicht, wie viel gestohlen wurde. Die Einzige, die von dem fehlenden Geld weiß, ist Alice, aber ich hab das Gefühl, dass sie ebenfalls nichts gesagt hat. Keine Ahnung, wieso. Sie weiß ja, wie viel sie geklaut hat. Immerhin hat sie die Scheine groß und breit auf dem Tisch vorgezählt. Und sie muss natürlich auch mitgekriegt haben, wie viel sie nach Polizeiangaben gestohlen hat. Also muss sie doch wissen, dass etwas fehlt. Wieso hat sie dann nichts gesagt?

Frag mich nicht.
Ich weiß es nicht.
Und ich glaube, ich will es auch gar nicht wissen.
Wie Dad gesagt hat: Solange sie ihren Mund hält …
Alles wird gut.

SHORTS

SCHNELL, SPANNEND, SHORT

ISBN 978-3-423-**71730**-4   ISBN 978-3-423-**71746**-5
Alle Bücher auch als **eBook**

Wie weit bist du bereit zu gehen? Als Scotts Rivalin, Kate, in der virtuellen Kampfarena verschwindet, stellt sich die Frage, was Spiel ist, und was nicht.

Gemeinsam mit ihrem Freund gerät Pula in einen unheimlichen Wald und findet Zuflucht im Haus einer kauzigen älteren Frau. Doch die scheinbare Sicherheit trügt ...

www.dtv.de

Travis Delaney
Die hochspannende Thrillerreihe
von Kevin Brooks

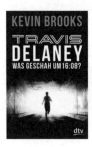 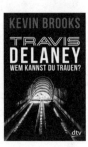 

Countdown um Leben und Tod!

Was geschah um 16:08?
ISBN 978-3-423-**71701**-4

Wem kannst Du trauen?
ISBN 978-3-423-**71702**-1

Um Leben und Tod
ISBN 978-3-423-**71703**-8

Alle Bücher auch als **eBook**

www.dtv.de

Schräg. Witzig.
Und live aus dem Teenageralltag.

ISBN 978-3-423-**76181**-9
Auch als **eBook**

Kim hat auf einer Schullesung ein Déjà vu: Alles, was die Autorin da liest, scheint von ihr zu handeln. Nur leider geht die Geschichte gar nicht gut aus. Also bleibt Kim nichts anders übrig, als ihr Leben auf den Kopf zu stellen …

www.dtv.de